人間愉快

陳幸蕙◎主編

編序

為自己也為別人，創造人間愉快！

陳幸蕙

今年大學學測國文作文題目為〈人間愉快〉，係延用曾永義教授小品文集《人間愉快》書名而來。

許多國文老師都稱許這是個難易適中、很能考出學生程度的好題目。

然而，當作文寫完，試卷交出，考季結束，這值得再三玩味、深思的美好命題，是否就被遺忘了呢？

其實，「人間愉快」課題的思考，不應只局限於考場；所謂「人間愉快」，也不應只是一個判定語文程度高下的作文題而已。這無比正面且陽光取向的價值，不僅是我們生命中值得追求的一個目標，也是當前我們所處這多元、混亂、似乎並不那麼快樂的世界，值得創造的一個氛圍、基調，或理想。

那麼，何謂「人間愉快」？

也許我們可以簡單定義如下──

凡從健康且有意義的思想和價值觀出發，為自己、為他人、為這世界，所創造出的安適、美好、平和、幸福、快樂、滿足、寧馨、欣慰等種種正向感覺和可喜的結果，都可稱之為「人間愉快」。

這創造、開發的過程，需要學習，也需要理性、智慧，更需要一顆溫暖的心！

因此，這本以「人間愉快」為主題而編的散文選，所選十八位作家

——從崛起於三〇年代的文學大師巴金，到活躍於二十一世紀臺灣文壇的新銳作家九把刀——之作品，遂都具有一個特色，那便是這十八位作家在文章中所書寫或與讀者所分享的，不論是自己還是他人的故事，不論是愉快或不愉快的經驗，也不論是主觀的生活觀察或客觀的人生省思，都隱含或傳達了幾個鮮明、且極富建設性的訊息——

一是人生於世，應從品質取向的觀點，型塑自我。

一是不論自處處人，都應盡量摒除負面情緒，停止破壞快樂的作為，「把心處在熙春麗日之間」。

另一則是「快樂的泉源只有一個，就是使別人得到快樂」。

「把心處在熙春麗日之間」是明代學者解縉自勵自勉的圭臬，一種光明溫暖的建設性思維與——生命美學！

「快樂的泉源只有一個，就是使別人得到快樂」則典出瑞典科學家諾貝爾（Alfred Nobel，諾貝爾獎便是根據他遺囑設立的），不過諾貝爾原句是「幸福的泉源只有一個，就是使別人得到幸福」，此處將主詞「幸福」變更成「快樂」，重新表述，相信應也可以成立。

簡言之，透過這十八篇散文所透顯的建設性思維，與溫暖關懷取向（不論是對人或對環境生態），都令人在開卷閱讀之際，得以擴大心胸與視野格局，不但獲致心靈啓發，同時，也很容易便啓動對「人間愉快」這課題的思考和關注。

至於在編輯體例上，由於本書為一主題文選，所以作品先後次序乃依作家輩分、年齡排定；而為使讀者對入選作家有更清楚的認識，所以每篇作品前均列有作家小傳，以供參考；另外，各篇正文後也都附加了編者所撰寫的賞析，以「悅讀視窗」稱之，希望透過這扇迷你視窗，可使讀者對選文內容有更深入的掌握。

處當今之世，相信所有的人應都同意，這世界真的需要多一點快樂的事。

但願，快樂的泉源在人間不虞匱乏。

但願，我們都是樂於，且勤於為自己、為別人、為這世界，創造人間愉快的人。

——二〇一三年六月夏至于新北市新店

7

編序／陳幸蕙

目錄

編者序 為自己也為別人，創造人間愉快！ ◎陳幸蕙 002
傷害 ◎巴金 012
未有花時已是春（節選） ◎琦君 024
第四信——紀念適之先生之五 ◎陳之藩 036

整潔就是紀律 ◎張繼高 046
眾嶽崢嶸 ◎余光中 054
怒 ◎黃永武 066
我的故事 ◎李家同 076
犯法（節選） ◎楊牧 090
欠負 ◎張曉風 100

感謝玫瑰有刺（五帖選二） ◎杏林子 110
孫將軍印象記——兼記一隻箱子 ◎黃碧端 122
先能關心才能開心 ◎蕭蕭 138
我們是否還相信…… ◎顏崑陽 148
超越障礙的麻袋 ◎高大鵬 156

紅龜粿 ◎林清玄 170
小超人之怒 ◎陳幸蕙 180
玻璃化為煙羅紗（二帖） ◎張曼娟 190
慢慢來，比較快 ◎九把刀 204
後記
新新人類，你的名字叫「精彩」！ ◎陳幸蕙 214

傷害

作者簡介

巴金（1904～2005），本名李芾甘，四川成都人，曾留學法國，中國當代文壇巨匠，被譽為二十世紀中國大陸知識分子的良心。曾任文化生活出版社總編輯，主編《文學叢刊》，並首倡建立中國現代文學館，作品譯為多種外文出版。著有小說集《寒夜激流三部曲》、《愛情三部曲》，散文集《龍・虎・狗》、《隨想錄》等，後人將其作品編纂整理為《巴金全集》。

一個初冬的午後，在瀘縣城裡，一條被燃燒彈毀了的街旁，我看見一個黑臉小乞丐寂寞地立在麵食擔子前，用羨慕的眼光，望著兩個肥胖孩子正在得意地把可口的食物往嘴裡送。

我穿著秋大衣，剛在船上吃飽飯，閒適地散步到街上來。但是他，這個六、七歲的孩子，赤著腳，露著腿，身上只披一塊破布，緊緊包住他那瘦骨的一身黑皮在破布的洞孔下發亮。他的眼睛無光，兩頰深陷，嘴脣乾癟得可怕，兩隻乾瘦得像雞爪的手無力地捧著一個破碗，壓在胸前。

他沒有溫暖，沒有飽足。他不講話，也不笑。黑瘦的臉上塗著寂寞的顏色。我不願多看他，便匆匆走過他的身旁。但是我又回轉來，因為我也不願意就這樣地離開他。這樣地一來一往，我在他的身邊走過四五次。他不抬頭看我一眼，好像他對這類事情並不感到驚奇。我注意地看他，才知道他的眼光始終停留在麵食擔子上。但甚至這眼光也還是無力的。

我站在他面前，不說什麼，遞了一張角票給他。

他也默默地接過角票，把眼光從擔子上掉開。他茫然地看看我，沒有一點表情，仍然不開口。於是他埋下眼睛，移動一下身子，又把臉掉向麵擔。兩個胖小孩還在那裡吃「連肝肉」、「心肺」一類的東西，口裡「噓噓」作聲。

我想揩去他臉上的寂寞的顏色，便向他問兩句話。他沒有理我。他甚至不掉過頭來看我。我想，也許他沒有聽見我的話，也許我的話使他不高興。我問的是：你有沒有家？有沒有親人？

我不再對他說話，我默默地離開了他。我轉彎時還回頭去看那個麵擔，黑臉小乞丐立在擔子前，畏怯地望著賣麵人，右手伸到嘴邊，一根手指頭銜在口裡。兩個肥胖小孩卻站到旁邊一個賣糖食的攤子前面去了。

七天後我再到瀘縣城裡，又經過那條街。仍然是前次看見的那樣的街景。麵食擔子仍然放在原處。兩個肥小孩還是同樣得意地在吃東西。黑臉小乞丐彷彿也就站在一星期前立過的那個地方，用了同樣羨慕的眼光望著他們。一切都沒有改變。我似乎並沒有在別處耽擱了一個星期。

我走到黑臉小孩面前，又默默地遞了一張角票到他的手裡。他也默默地接著，而且也茫然地看我一眼，沒有表情，也沒有動作。以後他仍舊把臉掉向麵擔。

我們兩個都重複地做著前次的動作。我甚至沒有忘記問他：你有沒有一個家？有沒有一個親人？

這次他仍舊不回答我，不過他卻仰起頭看了我一兩分鐘。我也埋下眼睛去看他的黑臉。茫然的表情消失了。他圓圓地睜著那對血紅的眼睛，淚水像線一樣地從兩隻眼角流下來。他把嘴一動，沒有發出聲音，就猝然掉轉身子，用勁地一跑。我在後面喚他，要他站住。他不聽我的話。我應該叫他的名字，可是我不知道他有什麼樣的姓名。我站在麵擔前，希望能夠看見他回來。然而他的瘦小身子像一股風似地飄走了，並沒有一點蹤跡。

我等了一會兒，又走到旁邊那個在廢墟上建造起來的臨時廣場上，跟著一些本地人聽一個老菸客講明太祖創業的故事。那個老菸客指手畫腳地講得津津有味，眾人都笑，我卻不作聲。我的心並不在這裡。

過了半點多鐘，這附近還不見那個黑臉小孩的影子。我便到城裡各處走了一轉，後來再經過這個地方，我想，他應該回來了，但是我仍舊看不到他，那兩個肥胖小孩還在麵擔前吃東西。

我感到疲倦了。我不知道黑臉小孩住在什麼地方，或者他是否就有住處。我不知道他什麼時候可以再到這裡來。看見陽光離開了街市，我覺得疲倦增加了。我想回到船上去休息。

最後我終於拖著疲倦的身子離開了瀘縣。那一段路是不容易走的，我的心很沉重。我想到那個黑臉小孩和他的突然跑開，我知道自己犯了過失了。我為什麼兩次拿那問話去折磨他呢？這原是明顯的事實：要是他有家，有親人，他還會帶著凍和餓，寂寞地立在街旁麼？他還會像一棵枯草、一隻病犬那樣，木然地、無力地捱著日子麼？

他也許不知道家和親人的意義。但是他自己和那兩個胖小孩間的差別，他應該了解罷。從這差別上他也許可以明白家和親人的意義的。那麼，我大大地傷害了他，這也是很明顯的事實了。

今天，八個月以後的今天，我還記得那個黑臉小孩的面貌和他兩隻眼角的淚水。他一定早忘記了我。但是我始終忘不掉他。我想請求他那小小的心靈寬恕我。然而我這些話能夠達到他的耳邊麼？他會有機會看到我的文章嗎？

我不知不覺間在那個時候犯了不可補償的過失了。

——選自《龍·虎·狗》，文化生活出版社

悅讀視窗

巴金是三○年代重要的中國作家，也是一位人道主義者，他曾說：「我寫作，不是因為有才華，而是因為有感情。」此處〈傷害〉一文，可說充分具現了他這種感情取向的特色。

全文以方結束戰事的瀘縣城為背景，敘述某一寒冷午後，巴金在街上無意間邂逅一淪為乞丐、處境甚憐的男孩，基於同情，遂遞了張角票（即小額紙鈔）給他，並殷殷探問：「你有沒有家？有沒有親人？」——這話巴金問了男孩兩次——第二次是七天後，當他再度遇見男孩且又給了他一張角票時。但這回，男孩流下傷心之淚，「猝然掉轉身子」，「像一股風似地飄走了」！男孩受傷的表情使巴金霍然驚覺自己殘酷地傷害了他。懷著一顆自責與祈求寬恕的心，「傷害」事件發生後八個月，他雖寫下這篇「請求那小小心靈寬恕我」的歉疚之作，但卻也明白男孩實並無機會看到這篇文章，於是那無心的傷害，竟成為生命中一個永遠的遺憾了。

全文恰如一面明鏡，除清晰映現受傷者形象外，也透過——「傷害」其實常出於無心，並非惡意——的敘述，披露了世間所謂「傷害」的一個面相，啓人深思，亦令人低徊。巴金以一枝樸素之筆，真誠敘事，展現的是溫厚柔軟的一顆心與強烈的道德感。從這樣柔軟溫厚之心與道德感出發，我們有足夠理由相信，「傷害」不會有第二次。

未有花時已是春（節選）

作者簡介

琦君（1918～2006），本名潘希真，浙江永嘉人，曾任司法行政部編審科長，文化大學、中央大學、中興大學中文系教授；曾獲金鼎獎、國家文藝獎、中山文藝獎等。著有小說集《菁姐》、《百合羹》、《錢塘江畔》、《橘子紅了》，散文集《紅紗燈》、《桂花雨》、《三更有夢書當枕》、《水是故鄉甜》等。

生活在緊張匆忙的今日，趕上班、趕上學、趕赴約、趕辦事，在鬧區的人行道上，摩肩擦背而過。上公車、電梯，都擠得跟火柴盒似的。不小心踩人一腳，或被踩一腳，彼此相對一瞪眼，連個「對不起」都不說，不是不想說，而是來不及說，現代人的時間太寶貴了。時間一迫促，就很難保持一片沖和氣象。現代人的空間距離又太少了，形體上的距離愈近，精神上的距離反而愈遠。你看公寓住宅，每家的「門前雪」都不必自己掃（因為大樓管理人員代為服務），更無論疾病相扶持了。

前不久，我家對面四樓一位老太太心臟病突發逝世，我竟全然不知。還是次晨洗衣服的阿巴桑告訴我的。當時只聽得一陣霹靂拍拉的鞭炮聲，還以為是哪家迎親嫁女，連陽臺也懶得跨出去一看。住公寓房子以來，我最不喜歡站在陽臺上東張西望，因為放眼沒有青山綠水，見到的面孔都木木然悻悻然，「似曾相識」，卻又像「素昧平生」。我只覺得跼天蹐地，那有什麼胸中丘壑呢？回想當年阡陌交通、雞犬相聞的農村社會，無論春夏秋冬，忙完了一天的工作，男人們晚間提著一盞紅燈籠，走一兩里路到鄰家沏一大碗清茶，一把帶殼的炒花生，聊上個把時辰，再提著燈籠回家睡覺。他們所謂的鄰居，住得並不一定很近，可是他們的心卻靠得很近。真個是「阡陌交通，雞犬相聞」的境界。

我想起前年訪美時，在愛荷華一個靜謐的農莊作客。晚上臨睡時，主人掀開窗帘，指著遠處幾點閃耀的微光說，「那就是我們最近的鄰居了，你如貪看夜景，盡可以拉開窗戶帘，不必擔心穿睡衣服裝不整」。他們白天驅車外出，絕不必關門閉戶，車子在碧綠的斜坡上奔馳，一路和迎面而來的車中人擺手打招呼，因為他們都是街坊，都是朋友。可是到了紐約就完全不同了，我寄住友人家，外出時門上層層加鎖，回來後裡面層層加鎖。兩百多戶的一幢大公寓，應該是自成村落，卻真個是老死不相往來。中國人有睦鄰的好特性，所以我的朋友出遠門時，還可以拜託對面鄰居代為照顧屋內花草。上下電梯，總和人微笑點頭。這種態度，也許感染了大樓管理人員，所以他們對他都格外和氣。我在波斯頓的旅社裡，看到一個雙目失明的老太太，腿又是瘸的，她扶著枴杖艱難地走進自助餐廳，開門時竟沒有一個人伸手助她一臂之力，我忍不住站起來幫她拉住門，她臉上那份意外和感激，令我久久難忘。

人類原應當相關懷，相互助，為什麼愈是擠在一起，愈是彼此漫不關心了呢？不但不關心，有時竟惡言相向，令人氣結。上個月我去公保看病，因腳傷不能爬樓梯，只得擠電梯，偏偏我又心不在焉，把三樓當作四樓，跨出一看不對趕緊又縮回去，小姐不耐煩了，她說「你也不抬頭看看號碼，跑進跑出的真可笑。」臉上的表情當然是「冰凍三尺」，我也不由得冷冷地說：「可惜我不認得阿拉伯字呀。」她的聲音更高了：「不認得字還當公務員。四樓到了，快出去吧。」我氣得結結巴巴地說：「謝謝你這位小姐，你的服務態度真好！」坐在候診室裡，心情久久不能平靜……

看完病，走出大門，一直耿耿於懷。因為行走不便，想招計程車，又怕再受一場氣。可是一輛車已經在我前面停下來，就身不由己地上了車。

司機看我舉步困難，就伸手扶著車門，連聲說：「小心點，太太，別碰著了，慢慢兒上。」那一團和氣，使我滿腔怨氣全消。不由得意外地說：「你真和氣。」他說：「為顧客服務，應該的嘛。」他和善的態度，立刻使我想到自己滿臉的烏煙瘴氣，心中感到十分慚愧，想想剛才在公保處對待那位電梯小姐的臉色一定非常難看。一切反應，原是相互的。辛棄疾的詞說得最好：「我見青山多嫵媚，料青山見我應如是，情與貌，略相似。」我當時如能稍稍容忍，報之以輕鬆的一笑，她下面那句更刺人的話就不會出口了。古人說：「但忍須臾，前境便同嚼蠟」。可是忍又是談何容易，人與人之間，如何避免戾氣，製造祥和，確實得有一份沉潛的工夫。

記得在上海求學時，每天擠電車上學，常常被賣票員辱罵為豬玀，我們好生氣。可是老師笑嘻嘻地啟迪我們說：「你要設身處地為他們想想，他的工作是無休止的開門、關門、賣票、數錢，多麼辛苦，多麼單調，哪像你們很快可下車，各有不同的目標呢？」他隨手提筆在紙上寫了兩行字，叫我們牢記心頭：「時時體念人情，觀察物態，對人要有佛家憐憫心腸，不得著一分憎恨。」我現在反覆默念，心中感觸萬端。如果人人都能有如此胸懷，這個世界豈不是可以化干戈為玉帛呢。可是世界為什麼到處充滿怨毒、紛爭？國與國之間，人與人之間，為什麼總是劍拔弩張的，不能和平相處呢？時至今日，古中國那套待人處世的儒家哲學，是不是已經行不通了呢？我自己的答案還是不盡然，世界大局，國家大事，非區區個人之力所能為，但就每個單元的生活範圍來說，還是應當一本儒家的恕道，設身處地，盡其在我，則不但紛爭可以減少，內心還可以感到一份平靜和安詳，就像那位電梯小姐，我如能有一絲一毫體諒她工作的枯燥單調，退回電梯時和顏悅色地說一聲「對不起」，自己就不會受那場閒氣了。可見得祥和與戾氣，也只在個人的一念之間，凡事反求諸己，不要苛責於人。

記得大學畢業時，老師曾贈絕句一首：「莫學深顰與淺顰，風光一日一回新。禪機拈出憑君會，未有花時已是春。」世事雖無常，人心原多變，但總要以樂觀之心期待。若能自覺此心春長在，也就算會得那一點禪機了。

——選自《三更有夢書當枕》，爾雅出版社

悅讀視窗

琦君此文，光是篇名〈未有花時已是春〉便耐人尋味；通篇讀完，更令人如醍醐灌頂，收穫豐富。

全文從現代人時間迫促、空間狹窄、形體距離近而精神距離遠的現象說起，並透過工商業與農業社會的今昔對比，大都會與小鄉鎮一人情澆薄、一溫暖從容的城鄉落差，帶出——人原應彼此互助關懷，卻反而愈靠近愈疏離淡漠——的感慨。接著，琦君現身說法，以自己兩件真實事例——赴公保看病之際與電梯小姐間的冷嘲熱諷、搭計程車時和司機的友善對話——前後對照，進行反思，終體悟出「但忍須臾，前境便同嚼蠟」的道理；而文章後半段所引老師當年教導：「時時體念人情，觀察物態，對人要有佛家憐憫心腸，不得著一分憎恨」，以及文末琦君基於正向思考所得出的結論——「凡事反求諸己，不要苛責於人」、「自覺此心春長在」、「要以樂觀之心期待人心世事」等——也都很有啓發性。

簡言之，悦讀此文，恰如面對一位親切熱情的朋友，傾聽她鉅細靡遺，娓娓道來；而掩卷深思，這位朋友所提醒我們的也實正是——

只要內心和煦溫暖，不論是否有花，每一個日子都是春天。

第四信——紀念適之先生之五

作者簡介

陳之藩（1925～2012），河北霸縣人，英國劍橋大學哲學博士。曾任教於美國休士頓大學、波士頓大學、臺灣成功大學、香港中文大學等，是深具人文素養的科學家。著有散文集《劍河倒影》、《旅美小簡》、《在春風裡》、《一星如月》等。

如果不是詩人的懷抱與聖者的胸襟，怎麼會寫得出這樣的信來——

Oct. 15, 1957

之藩兄：

謝謝你的錢總是「一本萬利」，永遠有利息在人間的。

你報告我學校的情形，我聽了非常興奮。我二十歲時初次讀新約，到「耶穌在山上，看見大眾前來，他大感動，說，『收成是豐盛的，可惜做工的人太少了。』」——我不覺掉下淚來。那時我想起論語裡，「士不可以不弘毅：任重而道遠。」那一段話，和馬太福音此段的精神相似。

你所謂「第一次嘗到教書之樂，」其實也是這樣的心理。是不是？

你收到了我寄到 YMCA 的一封短信和我的 United Nations 的演說嗎？如未收到，可去 YMCA 一問。祝你好。

適之

這是胡先生給我的最短的一信。但卻是使我最感動的一信。如同乍登千仞之岡，你要振衣；忽臨萬里之流，你要濯足。在這樣一位聖者的面前，我自然而然的感到自己的汙濁。

他借出的錢，從來不盼望收回，原因是，永遠有利息在人間。

我是個乞兒，而生存在一個對青年人不大有公平機會的社會，就是買張縱貫線的火車票，也有困難，何況是橫跨太平洋來留學。

適之先生第二次回臺時，我去看他，他說你幾時回來的？我說，我從哪兒回來？他說美國。我說我作夢也沒有作到那兒去。

他回美以後，一張支票即寄來了。

他願意我用掉他的錢，而把利息放在人間，他根本不想收回，可是說是借出。

這四百元是最後一筆，他收到後的回信是如此。我每讀此信時，並不落淚，而是自己想洗個澡，我感覺自己汙濁，因為我從來沒有過這樣澄明的見解與這樣廣闊的心胸。

但是胡先生之所以成為胡先生，是有其根源的。這種不合邏輯的作風，是由科學上找不到的，是由考證上考不出的。而他的思想的底蘊，卻是論語，是馬太福音。

適之先生不只一次的說士不可以不弘毅，任重而道遠。以仁為己任，不亦重乎，死而後已，不亦遠乎。所以他平生最欽佩的一個朋友，是丁文江，因為丁先生叫作宗淹，是崇拜先天下之憂而憂，後天下之樂而樂的范仲淹的。

胡先生倒沒有進亦憂，退亦憂，他是進亦樂，退亦樂。他看到別人的成功，他能高興得手舞足蹈，他看到旁人的失敗，他就援救不遑，日子長了，他的心胸，山高水長，已不足以形容，完全變成了天無私覆，地無私載，日月無私照的朗朗襟懷了。

因此，生民塗炭的事，他看不得；蹂躪人權的事，他看不得；貧窮他看不得；愚昧，他看不得；病苦，他看不得。而他卻又不信流血革命，不信急功近利，不信憑空掉下餡餅，不信地上忽現天堂。他只信一點一滴的，一尺一寸的進步與改造，這是他力竭聲嘶的提倡科學、提倡民主的根本原因。他心裡所想的科學與民主，翻成白話該是假使沒有諸葛亮，最好大家的事大家商量著辦；這也就是民主的最低調子。而他所謂的科學，只是先要少出錯，然後再談立功。

凡是聖賢，都是責己最嚴，待人最恕的。胡先生對任何人都不唱高調，從沒有高調。

白話文學，為的是販夫走卒易於了解。民主政治是大家投投票，學學開會，商量個主意。發展科學是弄點錢，大家先買點布，補補褲子，買點米下鍋，再念點書。

有一次，我到紐約去看他，他正看朱熹。他說：

「之藩，記住這幾句了不得的話，

寧近勿遠，

寧下勿高，

寧淺勿深，

寧小勿大。」

他說完這四句，到房裡給我倒了一杯酒，要我乾杯！

這幾句話對我的震撼力，較威士忌還凶，至今使我暈眩，使我震盪！

——選自《陳之藩文集2：在春風裡、劍河倒影、一星如月》，天下文化

悅讀視窗

陳之藩「紀念適之先生」系列作品共九篇，此處所選為第五篇，文章從胡適寄給陳之藩的一封信寫起。

陳之藩說，這是胡適寄給他最短、但也是他最感動的一封信。其實不只陳之藩，身為讀者，當我們在信中看到這樣的句子——「我借出的錢，從來不盼望收回，因為我知道我借出的錢總是『一本萬利』，永遠有利息在人間。」——大概也很少有人不深受感動的。也難怪陳之藩說他每讀此信並不落淚（畢竟落淚是太普通的一種反應），卻只想洗個澡，因為他「感覺自己汙濁」、「從來沒有過這樣澄明的見解與這樣廣闊的心胸」！全文既感念胡適資助其留學的恩情，也清晰呈現了胡適精神面貌的一個切片——「不唱高調」的務實作風、「提倡科學、民主」的理性思維、「進亦樂，退亦樂」的陽光性格、「責己嚴，待人恕」的自律與寬厚等。而文末所引朱熹名言：「寧近勿遠，寧下勿高，寧淺勿深，寧小勿大」，胡適予以「了不得」的評價，則更看出他誠懇謙遜、樸素實在的人格風格取向。當胡適期勉陳之藩將這四句話銘記在心時，陳之藩的震撼可以理解，因為他不僅獲得寶貴的智慧，也終於發現——身為大師，胡適的人生立足點與安身立命之道，竟如此平易、簡單、踏實且雋永！

整潔就是紀律

作者簡介

張繼高（1926～1995），筆名吳心柳，河北人，新聞界前輩，曾創辦中廣公司新聞部、中國電視公司新聞部，歷任《民生報》副社長、臺北之音廣播電臺董事長等。著有散文集《必須贏的人》、《樂府春秋》、《從精緻到完美》等。

八十八年前，留學英國的日本海軍上校，「浪速」號驅逐艦艦長東鄉平八郎，應邀參觀大清帝國的海軍。那時候，清朝的北洋艦隊外表看來很有架式，水師提督，御賜一品頂戴丁汝昌是大內紅人，所有的大型軍艦都是在英國格拉斯哥訂造的；可是東鄉平八郎在登上「鎮遠」號巡洋艦後，有兩件小事使他看穿了清廷的海軍：一、他看到水兵把洗過的衣裳晒在大砲的砲管上；二、他下船之後，發現白手套髒了，可見所有的欄杆、扶手都沒能保持乾淨。於是東鄉向當局報告：「清朝海軍雖然噸位多，但絕不堪一擊！」

果然，在一八九四年（光緒二十年）發生了甲午之戰，總噸位僅有六萬一千三百噸的日本海軍，一舉擊潰了堂堂的北洋艦隊，名艦如「來遠」「威遠」「靖遠」相繼沉沒，丁汝昌自殺。次年三月，李鴻章去了日本議和，簽了馬關條約，把臺澎割讓給了日本。

讀史讀到這一頁不禁在想：東鄉的判斷為什麼那麼準？照說，把衣服晒在砲管上也不會影響大砲的射程啊？欄杆扶手有一點不乾淨又有何妨？可是再往深處一推，覺得東鄉確有道理，因為，這兩件事明顯地表示了清朝海軍缺乏嚴明的紀律。一支沒有紀律的軍隊，武器再精良，也不會打勝仗的。

多年以來，我常用這個角度來觀察一個人，一個機關，乃至一個國家。大體上可以這麼說：沒有一個有效率的機關或國家是不整齊清潔的。「效率」有關人的部分，必然來自紀律；而長期的、徹底的維持整齊清潔，是形成紀律的不二條件。不信你看練兵的營房裡，天天掃，天天擦，天天要把被子疊成豆腐塊，不這樣，紀律哪裡來？

記得胡適在留學日記寫過這麼一段：他每次洗完澡，一定把澡盆擦洗乾淨。這是西方的生活道德，因為這樣做了對下一位使用澡盆的人才算公平。這已是六十年前的事。如今大家都有了西式澡盆，可是懂得這類西式生活道德的人可以說是絕少。我常注意許多富有人家洗臉盆上的水龍頭總是髒髒的，不光亮。我在國外，就絕不住這類旅館。有一年我去東京事先沒訂旅館，只好投宿在赤阪的「新日本」旅館，其水龍頭、玻璃窗都不明淨，我第二天就退房。果然，以後便以起火燒死多人聞名。

清潔是紀律之本，紀律是效率之源。世界上凡是以生產精密，精緻工業品的國家，很少有不乾淨的，不但瑞士與西德如此；丹麥、瑞典和挪威也是一樣。

更妙的是，凡是政治安定，社會安寧的國家，大都也都是整潔（李光耀最懂這一套了）。其中除了外表的紀律之外，我想凡是長期生活在整潔環境中的人，久而久之，必然會培養出一份理性或愛美的情操。

因為，內心裡有秩序的清潔，便是道德。不信的話，可以注意一下中小學校，凡是愛打架、搞派系、出太保、不好好念書的學校，其學生廁所、教室、操場的角落，大多比好學校要髒得多。

因此，許多老舊的話有時候真的是旨哉斯言。可能是因為他們汲取了多年的經驗和觀察，才寫出來的。像朱柏廬的「治家格言」中，第一句就是「黎明即起，灑掃庭除」，此語看來簡單平庸，實在有學問極了。

——選自《從精緻到完美》，九歌出版社

悅讀視窗

看似嚴格的家規，又彷彿校園內刻板端肅的教條，張繼高此文篇名〈整潔就是紀律〉，頗予人道德文章的聯想。但細讀之下當發現，作者言出由衷，所侃侃而談卻是他人生經驗的鋪陳與分享。

文章從甲午戰爭切入，敘述當時日本海軍大將東鄉平八郎參觀清朝巡洋艦，從水兵把洗過的衣服晾晒在砲管上，以及他所戴白手套在軍艦上變髒二事，認定清廷海軍「不堪一擊」，因而開啓戰端，竟真戰勝了船堅礮利的北洋艦隊。張繼高藉此令人沉痛的史實，先點出「紀律」與

「整潔」兩者必然相關的主題；其後則透過主客觀事例——如軍隊嚴格的訓練要求、「新日本旅館」的失火事件、歐洲先進國家的文明氣象、風評不佳的校園面貌等——指出不論個人、企業、機關團體或國家，整潔、紀律、效率這三件事，永遠都是環環相扣，密不可分的。結語則回歸至傳統文化，強調朱子治家格言中之「黎明即起，灑掃庭除」，看似「簡單平庸」，然其所蘊涵之自我要求精神，卻仍是現代人值得取法借鏡的基本功。全文在反覆舉證、條分縷析中充滿說服力，至於全篇中心思想——整潔就是紀律——深思細品之餘，尤當發現其所暗示的，正是一種理性取向、美感取向與品質取向的生活態度。

眾嶽崢崢

作者簡介

余光中（1928～　），福建永春人，臺大外文系學士，美國愛荷華大學藝術碩士，曾任教於師範大學、政治大學、香港中文大學，現為中山大學榮譽講座教授，以詩、散文、評論、翻譯為其創作的四度空間，曾獲金鼎獎、國家文藝獎等。著有詩集《白玉苦瓜》、《五行無阻》、《高樓對海》、《藕神》，散文集《焚鶴人》、《記憶像鐵軌一樣長》、《日不落家》、《青銅一夢》，評論《從徐霞客到梵谷》、《藍墨水的下游》、《舉杯向天笑》，翻譯《梵谷傳》、《不可兒戲》等。

沒有人不知道玉山是臺灣的最高峰，但是很少人知道，在東亞的赫赫高峰之中，它也是出類拔萃。北起堪察加半島，南迄婆羅洲，縱跨五十度的北緯，其間沒有一座山能與玉山比高。至於對岸的大陸，所謂中原，把五嶽都包括在內，也沒有一座峰頭不向玉山低頭。登泰山而小天下嗎？東嶽名氣雖大，其實海拔只有一五三二公尺，比起玉山主峰的三九五二公尺來，高不及腰。一直要往西去，到秦嶺和大雪山那一帶，才有更峻更峭的絕頂能超過臺灣的屋脊。所以，拿一把大圓規，以玉山為圓心，畫一個直徑三千公里的巨圓，玉山真可以左顧右盼，唯我獨尊。古人無論如何登高作賦，都比不上我們在玉山這麼高瞻遠矚。

也不僅玉山的主峰是如此。玉山國家公園之內，顧盼自雄的嵯峨高峰，在三千公尺以上的，不下三十座。三分之二的地區，也都在二千公尺以上，但是境之東南，像拉庫拉庫溪的低谷，海拔只有三百公尺，所以海拔高差多達三千六百公尺。其結果，當然是溫差懸殊，真的是「一日之內，而氣候不齊」。也因此，熱帶邊緣的北回歸線雖然切過了這國家公園，境內卻依地勢的高低分成熱帶、溫帶、寒帶。峰迴路轉，愈向上走山風就愈涼、愈冷，終於到了不勝其寒的高處。登山的人忽然解脫了下面的炎暑，只覺得此身已「冰肌玉骨，自清涼無汗」。在緯度上要向北方飛幾千里才有的氣候，在海拔上只要幾里路就可以抵達，水平之遠變成垂直之近。

以財富自滿的國人，在低頭數錢之餘，不妨舉頭遙望高潔的玉山，瞻仰那一座座、一簇簇的雄偉與神奇，清涼與肅靜。那上面的世界，從熱帶雨林到寒帶森林，從芒草到地衣，從孟宗竹到紅檜到鐵杉、雲杉、冷杉，一直到風雪無阻的圓柏，在文明步步逼迫，自然節節敗退的今日，已經是神所恩賜的最後寶庫了。至於動物的世界，更是蝶翼翩翩、蟲鳴唧唧、鳥聲滿山、獸蹤遍地，令人慶幸我們終於為這些真正的「原住民」，保留了十萬公頃的這一片餘地。根據玉山國家公園管理處出版叢書的統計，境內的植物有八十六種，哺乳類的動物、禽鳥、蝴蝶的種類之多，依次為三十、一百二十五、四十五。登玉山，真正當得起王羲之所說的「仰觀宇宙之大，俯察品類之盛，足以游目騁懷，極視聽之娛，信可樂也。」

王羲之蘭亭之會，早在一千六百年前，那時既無人口壓力，更無環境汙染，誠然是賞心樂事。今日輪到我們來上玉山，仰視宇宙，卻恐其日促，俯察品類，卻憂其日減。臭氧層的破洞女媧會來補嗎？三峽一炸，雲裡雨裡的女神要何處去棲身？珍禽異獸，在象牙犀角、貂皮鹿茸的婪求之下，不正加速地滅族滅種嗎？臺灣的美麗山水，繁茂生物，也都面臨濫墾濫伐、濫捕濫採，簡而言之，都遭到貪婪求利而罔顧生態，更不恤後人的空前大劫。

今日的遊客上玉山，謙遜而能反省的，當會心懷感激，領悟宇宙之大是人人所同有，非一己所能私，品類之盛是人與萬物所共榮，非人類所獨享。人既自詡為萬物之靈，又好登高望遠，就應該真正地高瞻遠矚，負起宇宙的責任，善待萬物，善惜神恩，不能像敗家子那樣揮霍祖產，留一片荒蕪與災害給後人。其實，如果國人不及時大徹大悟，那汙染與破壞的後遺症，根本不必等到未來，已可及身而驗。

六月底和鍾玲、慶華重上玉山，拜謁山神，盛夏之際得凌塵囂享三日之寧靜清涼。久矣未曾如此覺宇宙之無窮、生命之尊貴、歲月之從容。在塔塔加遊客中心看幻燈簡介時，解說員提起，曾有遊客感到美中不足，建議何不在山上增設雲霄飛車之類的娛樂。面對開天闢地鬼斧神工的玉山諸峰與中央山脈，不知瞻仰膜拜，竟想以俗人的囂張與輕狂來冒犯山顏林貌，簡直是褻瀆神明。

國家公園之設，不在提供低俗的娛樂，作都市文明的附庸，而在提升國人仁者樂山、智者樂水的胸襟。登山而損及草木鳥獸，已經不仁。臨水而汙染清澈，甚或任駛快艇而危及泳客，已經不智，不仁不智之徒，不配進國家公園。在仁者、智者的心目中，玉山國家公園不但是一座體育館，供好動的人登臨攀越，飽飫森林的芬多精，也是一座具體而大的戶外博物館，供好奇的人親近萬物，從容地認識這多彩多姿的大千世界。而對於愛美的人，它更是矗立天地之間的一簇簇、一盤盤神奇的雕塑，但人為的雕塑哪有雲海的變幻、日月的輪迴？對於虔敬的人，它就是一座尊貴而壯麗的大教堂，青穹浩浩，眾嶽崢崢，不由人不跪下來禱念造物之偉大，神蹟之永恆。

——選自《日不落家》，九歌出版社

悅讀視窗

余光中〈眾嶽崢崢〉一文從玉山行腳切入，但不以記遊寫景為主，卻側重於倫理、知性、美學、生態環保、資源永續等議題的論述，既觸動我們嚮慕玉山的情懷，也啓示了我們關心本土的思維，實堪稱是一篇為玉山祈禱文。

由於三九五二公尺的玉山主峰在東亞群峰間出類拔萃、玉山國家公園內三千公尺以上高峰也不下三十座——這「眾嶽崢崢」的特色，正是「神所恩賜」與臺灣的驕傲。因此本文在寫法上，乃特從玉山超卓出眾的海拔高度落筆，兼及其顧盼自雄的優越性與豐富多元的氣候、林相、動植物昆蟲繁盛並存的特色等，且更出以宗教式虔誠，頌讚歌詠這高潔且充滿象徵意義之聖山；當然，對於國人「濫墾濫伐、濫捕濫採……貪婪求利而罔顧生態」的作法，也有所鍼砭譴責。

全文雖自本土意識出發，卻跳脫本土局限，從超越臺灣的亞洲觀點，甚至全球觀點，來思考、看待玉山課題；而屬於二十一世紀生態浩劫、地球資源困境等議題，又援引古典文學作品來做對照比附，實令人耳目一新；至於文中多處運用類比、對比、疊字、譬喻，形成節奏鮮明、形象生動的效果，更使文章具有堅實的文學內涵。

在這樣一篇有著宏觀視野與廣大思考格局的祈禱文引領下，身為島民，深受觸動之餘，實亦不能不對我們所生活的這塊土地自然，重新觀照，多所省思。

怒

作者簡介

黃永武（1936～　），浙江嘉善人，國家文學博士，歷任國立中興大學、成功大學教授、主任、院長，並創辦中國古典文學研究會，為國內古典文學研究之重鎮，曾兩獲國家文藝獎。著有詩學論著《中國詩學》、《字句鍛鍊法》，散文小品集《生活美學》、《載愛飛行》、《山居功課》、《黃永武隨筆》等。

從前薛敬軒對人說：「我下了二十年工夫，專治這一個『怒』字，依然去不掉！」劉念台聽了便評論道：「能知道自己治不掉，這便是勝過別人的地方了！」

嬌柔的玫瑰枝上有刺，笑口常開的彌勒佛身旁有怒目金剛，美麗壯闊的長空與海洋，也常有風雲變色或覆舟決堤的吼嘯，怒似乎是造物在人情中必有的配料。認定了是非，無法涵容，就怒；算就了得失，無法退讓，就怒；猝然的事端，無法安詳，就怒；不平的境況，無法忍受，就怒。怒幾乎也是一種自以為正義感的——近乎正義感的瘋狂。

其實絕大部分的怒，都起於愚蠢。為了打一隻老鼠而擲碎了瓷枕；為了趕走老鼠而燒掉自己的房子，須臾之間的一把怒火，可以燒掉修煉千年的「功德林」呢！古人有詩：「愚濁生嗔怒，皆因理不通，休添心上焰，只作耳邊風！」嗔怒是從內心愚濁的幽谷裡爆發出來的，真正的來由是「理不通」，明白了是非的實相與人生炎涼的必然性，怒是可以省略的，別人怒了是因為「理不通」，我如果也怒，豈不與他一樣「理不通」？

所有的怒，都結束於後悔。偽裝矯飾，美化自己了多少年，一怒之下，卻把自己最醜陋的面目裸露給別人看，自損形象，再無法收回，怎能不後悔？發怒的目的原本想表達不滿，驅除痛苦的，沒想到發怒反使自己陷入更深的痛心與不安之中，怎能不後悔？王安石曾說：「一言一動，毫釐不忍，遂致數年立腳不定。」可見短短的一怒，有時會造成數年的不安，更何況劇怒一定傷身，所謂「盛怒劇炎熱，焚和徒自傷」，怒火於事不能解紛，徒然傷身，又怎能不後悔？因此有人說：要懲罰一個敵人，最毒的方法，就是讓敵人常常陷在嗔怒的不安之中。

「怒起於愚而終於悔」，是不錯的，許多人是「隨怒隨悔」，那麼這一怒不就太多餘嗎？你看別人發怒的時候，那副樣子有多難看，你能忍受這副面孔在你臉上複製？而愈低賤的人，愈容易怒責別人，因為低賤的人缺乏自信，喜把「遷怒」作為心理防衛的方法，你若不願同於低賤者，就得循著「理」來，不必激於「氣」，氣可以相激，理並不能相激，君子講理，只有理可以制伏氣，平心順理，彼此的怒火大都可以熄滅，就不必激怒人，也不致被人所激。

沉且天下任何可怒之事，並不是「一怒可了」，妄想「以怒止怒」，只有火上加油，很少有快樂的結局。即使「正禮大義」，也往往被憤怒所敗壞，因此遇到怒事，只有平心順理，進而寬容同情，能「理直而氣不壯」，想著「饒人不是痴漢，痴漢不會饒人」的古諺，就更顯得涵養高貴，明代的解縉常常勉勵自己說：「把心處在熙春麗日之間，天下便沒有可怒之人了！」這是何等的景象與氣度？不專治二十年，能嗎？

——選自《愛盧小品（勵志）》，洪範書店

悅讀視窗

黃永武〈怒〉是一帖小品，全文約僅千字，但卻提出了一個關乎涵養的大課題——治怒，或說止怒。

全文著眼於一「怒」字，先指出怒是「造物在人情中必有的配料」，人生難免「怒」的考驗；但也理性分析：「絕大部分的怒，都起於愚蠢……結束於後悔」，因為怒「不能解紛」，結果問題依然存在外，還徒然傷身又損害形象，「把自己最醜陋的面目裸露給別人看」！至於「燒掉修煉千年的功德林」則援引佛家語「一念瞋心起，火燒功德林」——直言忍不住的一把怒火，能將多年修養培植成的功德森林全部銷毀，前功盡棄——則更指出了這種負面情緒能量，所造成的傷害性。

但怒在人生中其實「是可以省略的」，黃永武認為省略之道在於時時寬容同情，「把心處在熙春麗日之間」，「平心順理」而不激於氣，怒便難以找到施展空間。只是如此涵養，談何容易？故明初學者薛敬軒說他「下了二十年工夫，專治這一個『怒』字，依然去不掉！」薛敬軒鑽研程朱之學，講究心性工夫，猶嘆其不能，所以作者文末也直言「把心處在熙春麗日之間」是一場修養馬拉松，至少得花二十年時間方能竟其功。全文首尾呼應，說理圓融，深具啓發性與建設性，所言「把心處在熙春麗日之間」，溫暖可喜，令人嚮往，尤值得銘記在心。

我的故事

作者簡介

李家同（1939～　），上海市人，臺大電機學士、美國加州柏克萊大學電機博士，歷任清華大學代校長，靜宜大學、暨南大學校長，暨南大學通訊工程研究所教授等。著有《讓高牆倒下吧》、《陌生人》、《幕永不落下》、《第21頁》、《李伯伯最愛的40本書》等。

每一個人都有功課非常好的同學，我的同學老張就是我同學中功課超級好的一位。但是老張和很多資優學生不一樣，他一直非常願意幫助我們這些功課不好的同學。我們初一開始就是同班同學，那個時候，幾何常常令我沮喪，我老是弄不清楚如何加補助線。平時我們不管，一到考試近了，我們就慌了起來，好在老張永遠肯做義務家教，週六下午，我們幾乎全體留在教室裡，聽老張教我們如何解題，他也會教我們英文，我一直不懂現在完成式和過去式的分別，全班就只有老張懂，他一講解，我就懂了。

老張可以說是那種一帆風順的人，從小就有好的家庭，功課好，體格也很好，可是他一直關心他周遭比他不幸的人，他不僅一直都幫助功課不好的同學，也常常幫助家境不好的同學。大家畢業以後，老張事業不錯，但是他卻沒有很多財產，因為他一直捐錢給慈善團體，我們大家都知道老張是個大好人，卻沒有人想過為什麼他永遠有慈悲心，我們都認為他生來就是如此。

老張還有一個特色。他會塗鴉，上課時會偷偷地畫老師，初中畢業，他送給每位同學一幅同學的畫像，都像是漫畫中的人物，表情都很誇張，看了令人啼笑皆非。

老張已經退休了，他的事業都已由專業人員接管，但他仍對於動畫有興趣。

有一天他打電話給我，邀我去參觀他一個電腦輔助動畫的軟體。這個軟體的確很有趣，是一種三度空間模型的動畫軟體。過去動畫中的人物是完全畫出來的，現在我們可以用一個三度空間的模型來描寫一個人物，這種方法的最大好處是有彈性，比方說，我們在動畫中有兩個大男人鬥劍，可以利用電腦技巧一下子換成了一男一女鬥劍，當然也可以換成兩個女人在鬥劍。

我看到最有趣的是一位年輕人的特技表演，老張的軟體使這個年輕人忽然變成了蜘蛛人，一下子又變成了蝙蝠俠，我請他找一位老人的模型來試試看，他說當然可以，但是一定很可笑。果真如此，看到一個老頭子身手如此矯健，簡直是一場滑稽戲了。

我還看了一些動畫，有一個故事是有關於戰爭場面的，故事裡的軍人可以換成各個國家的。老張說他們正在建立一個資料庫，連背景也可以換掉，原來戰爭也許發生在歐洲，現在可以發生在亞洲，而且軍人也變成了我們亞洲人。

我看得津津有味，老張有一位部下忽然告訴我，說大老闆（指老張）畫了好多漫畫，而且保存在一張光碟裡。我對此大表興趣，向老張要來看，老張起初不肯，後來被我一再央求，終於給了我。

我帶了光碟回家，插入電腦，打開光碟，迎面而來的是四個大字，「我的故事」。顯然這些漫畫都是老張的故事了。

果真，這裡面全是一個一個故事，主人翁從小孩子開始，一直到大人，而且不論什麼時代，主人翁都很像老張，但是一望而知，故事都不是老張的故事，而且正好相反，這些都是老張絕對沒有經歷過的故事。第一個故事有關徐蚌大會戰。一個小孩子被迫由父母帶了逃難，他們在擁擠不堪的公路上行走了好久，終於到了火車站。在火車站，小孩子的爸爸走失了；火車進站，孩子和媽媽擠上了火車，下了火車，馬上又走失了，只剩下這孩子和他弟弟在上海街頭流浪。

我知道老張生長在上海，共產黨占領大陸的時候，他們舉家來臺，老張當然不是流浪街頭的小乞丐。這是第一篇漫畫，畫的技巧比較幼稚，看來是老張小的時候畫的。

以後的每一個故事都有同樣的主題和主人翁，主人翁永遠是一個很不幸的人物，比方說，有一則故事提到一個體育不好的中學生，每次上體育課以前都會肚子痛，可是體育老師一點也不同情他。

另一則故事是有關一位中學生輟學的事情。他功課不錯，但家境迫使他不能念高中，而要去做苦工，在烈日之下，拖著一輛裝冰的車子在臺北行走，沒有想到碰到一批他當年的同學。那些學生都穿了高中制服，他卻打了赤膊，他認出他們，他們卻沒有注意到他的存在。

我怎麼想都想不通為什麼這叫作「我的故事」，這實在應該叫作「不是我的故事」，因為老張的故事，正好是這些故事的相反。

我打了個電話給老張，他邀我到他家去坐坐，然後告訴我究竟是怎麼一回事。

老張小的時候，常吵著要媽媽帶他去看電影，當時二次世界大戰才結束，有很多歌頌戰爭的電影，老張當時是個小男孩，難免會對飛機有興趣，就去看一部叫作《轟炸東京記》的電影。電影裡當然有彈如雨下的鏡頭，老張當時覺得這種炸彈落地、濃煙四處冒起的鏡頭很令他興奮，但他媽媽在旁邊提醒他，一定要記得地上是有人的。電影結束以後，他媽媽叫他好好地想像地上的老百姓遭遇到轟炸時的情況。

不久，內亂又起，老張上學的時候，發現滿街都是乞丐，後來他才知道，上海在短時間內湧入了超過一百萬的難民。有一天，他和一位小朋友在週日清晨的街上閒逛，眼看一個小乞丐死了，他的身體從臺階上一路滾下來，他和他的朋友嚇得趕快跑回家去了。

老張當時已是小學生，可以看報，他從報上知道了徐蚌大會戰的事情。有兩張照片使他印象非常深刻，一張是公路上人山人海的難民潮照片，另一張是在火車站難民擠上火車的照片。他媽媽知道他在看報，又提醒他要設身處地地想「如果我也是一個難民，我會遭遇到什麼事呢？」

因為他從小就會塗鴉，他媽媽鼓勵他將所想到的畫下來，他也就畫出了第一篇漫畫故事，畫裡的主人翁是一個在戰爭被迫逃亡的小孩子。

終其一生，老張一直記得他媽媽的話「想想自己是一個不幸的人」，老張因此常常想像自己功課不好，自己體育不好，自己家境不好，這些想像也使得他心中充滿了慈悲心，絕大多數在良好環境中成長的孩子沒有什麼同情心的，因為他們很難想像有人會如此地不幸。老張媽媽的教訓，使他正好相反，他一直可以想像得到不幸的人會有怎樣的情境。

老張還告訴我一件事，他的軟體在歐美賣得很好，因為有人將戰爭動畫給他的兒子看，兒子看了不太感動，這位父親將自己的兒子取代了動畫的主角，使兒子大受震撼，非常深刻地體會到戰爭的實境。他的軟體，好像一個虛擬實境，使人能親自體驗很多想不到的經驗。

老張給我看一個新完成的動畫——「推銷員之死」，很多美國人將自己取代了那位推銷員，看了以後，會有意想不到的結果。

我在想，如果拿破崙在發動戰爭之前，有人給他一個戰爭的動畫，而那個在前線死掉的小兵是他的兒子，也許他就不會發動戰爭了。

我終於懂了，老張也不是生下來就對人充滿同情心的，他母親的諄諄教誨是慈悲心的根源。我們應該隨時默想世界上不幸同胞的遭遇，如果我們成天想到自己如何厲害，會越來越驕傲，越來越沒有同情心。如果我們成天假想自己非常不幸，我們就會變得謙卑而又有同情心。

——選自《第21頁》，九歌出版社

悅讀視窗

李家同〈我的故事〉選自《第21頁》一書。這是一個人道主義者的故事，全文敘述主角老張是「我」的同學，功課好、家境優、經常關心周遭不幸的人，畢業後仍不斷捐助慈善團體，大家原以為老張充滿慈悲心乃天性使然，直至「我」看了老張製作的光碟才恍然大悟。因為那張光碟名為「我的故事」，但每個故事都不是老張的故事、每個故事的主角都是不幸者，換言之，老張是以這種不幸的想像，將心比心，設身處地，去揣想世間受難者處境，才成了一個具悲憫情懷的人。透過這故事，於是李家同乃假設——若世上發動戰爭者，也都能將心比心設想陣亡士兵和遺族的痛苦，甚至虛擬想像前線陣亡者就是自己的兒子，也許就不會發動戰爭了。

全文靈感實來自李家同多年前在印度加爾各達「垂死之家」所遇見的一位少年乞丐。在《第21頁》一書序文〈羞愧與感恩〉中，李家同說，他常想起這少年，滿懷感慨不忍，因為少年「如能活著離開垂死之家，也只能回到當初他求乞的地點」！這「命中注定沒有前途」的少年，帶給李家同的省思與衝擊是「我發現我之所以能夠在社會上稍有成就，完全是運氣好的緣故。如果生長在非洲，或印度非常貧困的家庭裡，我會有今天嗎？」因此他認為人應經常想像貧困、苦難，「唯有如此，我們才會有悲天憫人的情懷」——而這樣的思維也就形成了「我的故事」之結論——人應經常跳脫在自身幸福外，去默想世上不幸者的遭遇，將心比心，感同身受，或許人間苦難就會減少。

「我的故事」，其實，就是「不幸者故事」的隱喻。這故事頗令人想起一句俗諺：「但覺此心春常滿，須知世上苦人多」。但願在所有有心人努力下，未來，人間每一個「我的故事」都可以是「幸福的故事」。

犯法（節選）

作者簡介

楊牧（1940～　），本名王靖獻，曾以葉珊為筆名，臺灣花蓮人，東海大學畢業，美國加州柏克萊大學文學博士，曾任教麻州大學、華盛頓大學、臺灣大學、東華大學教授，中央研究院文哲所所長等，現為東華大學榮譽教授，曾獲國家文藝獎、吳三連文藝獎、紐曼華語文學獎等。著有詩集《禁忌的遊戲》、《時光命題》、《介殼蟲》，散文集《柏克萊精神》、《飛過火山》、《亭午之鷹》，評論《傳統的與現代的》、《文學知識》、《隱喻與現實》，並譯有《葉慈詩選》等數十種。

有一年夏天我到黃石公園去露營，黃昏躑躅湖邊，看到一個高大的人蹲在他的釣竿前，左手按住一條魚，右手拿了一把尺在量那魚的身長。他量完抬起頭來對我說道：「差兩英寸，不行。」隨即坐下認真地工作，要把魚從釣鉤卸下來。原來美國國家公園規定釣魚在某些季節某些地區是准許的，但只有超過某一長度的，你才能帶走，否則必須卸下來扔回水裡。我看他急得滿頭大汗，因為那條倒楣的魚大概餓瘋了，一口咬得太大，釣鉤深入其鰓，經過那高大的釣者笨手笨腳拉扯幾下，頭部已呈血肉模糊狀。好容易終於脫了鉤，他將魚輕輕放進水裡，只見那魚肚皮一翻，再也不動了。「死掉啦！」我嘆氣說。「恐怕是死了。」他說，一臉歉疚的樣子。我們在那裡靜候了五分鐘，彩霞滿天，而魚終於不動，被微小的波浪打回岸邊來。我對那悲傷的釣者說：「帶回去烤了吃掉吧！反正已經死了。」他緊張地說：「那是犯法的。」天上飛過一陣野鴨，落日前微風萬頃韡文細。我又說：「它那樣漂下去就腐爛了，會造成水的汙染。」他一時更悲傷更緊張了，遂俯身將魚雙手撈起放在岸上，又走到他的車子那裡取來一把圓鍬，咧嘴對我笑笑：「將它埋了總可以了吧！」

玉山國家公園管理處最近擬訂了一項「環境維護管制要點」，內容很實在，條文列舉，當能為樂山的智者所遵守。國人性喜隨地製造垃圾，包括將自己和女友的名字當垃圾留在名山大川之前，「某某與某某來此一遊」。聽說在臺灣遊山有一條出名的路線叫「阿溪縱走」，從阿里山走到溪頭。有人將入山，問識途的山友究竟該怎麼走，對曰：「跟著垃圾走，絕無迷失之虞。」因為塑膠袋布滿阿溪線上，如繡花的滾邊，永遠不會消滅。國人入公園又喜就地取材加以揮霍，在一般人心目中，動物植物固然是天生以養人的東西，捕之採之，烹之食之；接著就去找礦物，看到長得像母雞的石頭也好，像汽車的樹根也好，就撿起來帶回家，說不定有一天還可以拿去獻給什麼貴人祝壽，照片登在報上，傳為美談。這些都是因為法律不限制的關係，所以我們對「環境維護管制要點」是很歡迎的，至少那是一種公德心的提示教育，值得推行。

當然我也可能過份樂觀，以為喜歡大自然的人必定是守法的人。不過既然把它當著是一種教育，大家都得要有耐心。教育是百年大計。我有一個朋友學富五車，以文藝科技雙絕著名於世。有一次我與他連袂登樓，他看到陽臺上俯睏著一隻貓，不由分說提腿就踢，將睡貓從三樓踢到巷子裡。我大吃一驚，問他這是幹嘛呀？他說：「咦，貓本來就是給人踢的啊！你看，它從三樓摔下去，還是四腳先著地。厲害吧？」厲害是厲害，我心想：可是你又何必無緣無故踢牠呢？去年冬天中國大陸派遣在南極的探險隊被西德人檢舉，指控他們把企鵝拿來當足球踢，並且逼不會飛的企鵝跳懸崖，又將玻璃和鐵屑置於海鳥巢中。另外一項消息說他們還經常吃企鵝——這是我國人看到的，不知道是真是假。我國人和日本人堅決不簽署禁殺鯨魚的國際協定，為舉世所不齒，所以大概很高興看到中國人比他們更不講理。

玉山國家公園的「環境維護管制要點」是法，從今以後登山的人有法律原則可以遵循，光風霽月，在社會倫理的培養上可以進一大步。我相信有一天像那釣者為魚埋葬的事也會在我們的土地上發生，知法守法，公德大張。也許我又太樂觀了……

——選自《飛過火山》，洪範書店

悅讀視窗

楊牧〈犯法〉一文，就體裁看是一帖隨筆文章，就內容看則是一篇評論作品，全文主要是因玉山國家公園「環境維護管制要點」之擬訂，有感而發。文章先從某年夏天楊牧在黃石公園所見寫起，這段敘述分三個轉折——

一是湖濱釣者認真拿尺量所釣之魚身長，見不符規定，便將魚放回水裡；二是楊牧建議釣者將魚帶走烤食，但釣者卻正經地說：「那是犯法的。」其三則是當楊牧表示死魚腐爛會造成水汙染時，釣者竟鄭重其事將魚撈起，埋進土中——這一段充滿畫面感的文字，讓我們充分見識到美國公民的守法精神，令人印象深刻。

但行文至此，楊牧卻筆鋒一轉，書寫國人破壞山水自然、缺乏公德心的行徑，兩相對照，實令人汗顏。不過楊牧認為這些令人汗顏行徑之形成也可能是因無法可管的緣故，因此他歡迎「環境維護管制要點」的實施。接著楊牧列舉教授踢貓事件、中共南極探險隊在當地虐待動物行為，以及日俄不簽署禁捕鯨魚協定之作法等，暗示人類在愛惜自然、尊重生命一事上，實還有一段很長的路要走！

全文從一名美國釣者自律嚴謹、不願犯法的故事寫起，而筆涉第七倫，也就是環境倫理的議題，對環保意識和法治觀念都有待提升的我們而言，不僅值得深思，更值得重視。楊牧此文寫於一九八五年，已是上世紀之事，而在近三十年之後，若問國人現今是否已「知法守法，公德大張」？或那釣者葬魚情事是否也已「在我們的土地上發生」？捫心自問，恐怕我們的答案還是無法很肯定的。

欠負

作者簡介

張曉風（1941～　），江蘇銅山人，東吳大學中文系學士，曾任教東吳大學、香港浸會學院、陽明大學，並擔任立法委員。曾獲中山文藝獎、國家文藝獎、吳三連文藝獎等，當選十大傑出女青年。著有散文集《地毯的那一端》、《我在》、《星星都已經到齊了》、《送你一個字》及小說、戲劇、雜文、童話等數十種。

我自幼立了個小志，希望自己一輩子不借錢、不欠錢（偶爾請人代墊什麼款項當然是有的，跟銀行當然也借過錢，那不算），不意三十年前發生一件事，卻令我汗顏至今。

有一天，我趕著去送兩篇稿，那時傳真機尚不普遍，E-mail 就更別提了，作者只好坐著計程車滿城去「自行快遞」。像高陽類的作者自買專車送稿，那又是異數了。那天我先到臺視公司，下車時我跟司機說：

「請你等我一下，我很快的，我進去交了這份文件就馬上出來，我立刻還要趕去另一個地方。」

司機說好，我於是飛奔到收發處，交了稿，立刻轉身回車，指示司機往大理街方向開去，開了一陣，我看了一眼車資表，居然只是起跳價，我不禁疑惑：

「怎麼這麼少錢？」

「你剛上車不太久嘛！」

我嚇出一身冷汗。

「天哪，你不是剛才把我從新生南路載過來的那輛車嗎？」

「不是，你是在臺視公司才上我車的。」

唉，唉，這怎麼辦呢？當時臺視公司門口停了好幾輛車在等人，這位司機笑臉迎人，開了車門請我入座，一副老相識的樣子，我誤以為他就是剛才那輛車。等我們把真相兜攏，車已開到我的第二個目的地了。我放下稿，請他飛馳回臺視，不出所料，已不見一輛車在候人。飛車送稿在我生平不過發生三、五次，所以會弄出這樣的錯誤。

我欠那人大約百元的車資，在三十年前。

我當下決定以後乘車會小心，如果叫車等我，自己一定要記下車號，但，那是以後的補過行為。至於此刻我所欠負的這個人，我怎麼辦呢？我欠他的還不止是錢的問題，那是非常非常重要的，人跟人的信任。那天的狀況可能有二種，其一是他累了，低頭小寐，忽然驚醒，卻杳不見人。公司那麼大，叫他到哪個部門去抓我？只好自認倒楣。還有另一種情況，也許他當時雙目炯炯注視著我，卻眼睜睜看著我跳上別人的車子飛馳而去。他會怎麼想我呢？他會想：「這邪惡的女人啊，連我們這種辛苦錢也來虧，明明錢還沒付，騙我等她，卻飛快跳上別人的車。這人看來倒像個正正經經的人，卻不料如此奸詐，真是人心不古啊！」

怎麼辦呢？我想了半天，自以為想出一條妙計，於是投書到當時的《民生報》，說有此事云云，如果司機先生見報，可和我聯絡取回欠款。

《民生報》果真刊出了我的投書，於是我誠心苦等，希望這位司機讀到《民生報》，並且來索回欠款。然而願望成空，我終於成了一個我所不願意成為的負債的人。

不料事過一月，我忽然收到《民生報》寄來一封信，說要付我三百元稿費，原來那封「讀者投書」是有酬的。天哪，我想還人錢，沒還成，反而賺了三百塊，這件事簡直是沒有天理！簡直令我無地自容。

當然會有自以為聰明的朋友來勸我，如果不能還甲的，就拿去贈乙吧！例如捐些善款之類的。但我認為這是兩件事，不得混為一談，應該有的羞愧，仍無法靠善行互抵。

而且，我現在在此懺悔，看來像個善類，但其實，我知道，這篇文章，報社仍舊是付酬的。唉，這是我第二次從我的罪過裡得到金錢了。

芸芸眾生，立志向善，固由得我。及至實行，卻每不能遂成其善，甚至造成別人的痛苦。此話，不是我講的，先知保羅兩千年前便說了。但願世間無論大善小善，都能因上天的憐憫而成全，但願一場無心之過乃至有心之惡，都因審慎戒懼而減少。

以上所述之事，是我自己個人傷害別人、欠負別人，卻尚能立即明白自知的事件，但我生平在無知與未覺中傷人負人的事有多少件，除了上帝，誰又知道呢？

——選自《送你一個字》，九歌出版社

悅讀視窗

張曉風〈欠負〉一文，追溯三十年前令她「汗顏至今」的一件往事——坐計程車前往兩個地方送稿，但在送完第一份稿件、回到等待她的車上，前往第二個目的地時，卻發現坐錯了車！雖當下折返，欲歸還所欠車資，但飛奔回原處時卻早已不見車蹤！——此事所以令她掛心甚至「羞愧」三十年，是因作者認為她所欠負於那位司機的不止是錢，更是人與人之間的「信任」。尤其作者每一思及她後續努力補救的作法——投書至報社籲請司機出面取回欠款、撰寫〈欠負〉一文以示「懺悔」——不但都於事無補，且反因此兩度得到稿費時，就更難以釋懷了。

於是，作者乃衍生出文末三個感嘆。第一個感嘆引《聖經・新約》〈羅馬書〉中使徒保羅之言——立志為善由得我，行出來卻由不得我——指出人為意志的有限。第二個感嘆，則以此認知為基礎，誠懇祝願人間善行均能得天佑而成全，世上過失都可因審慎而減少。其三，則推想過往自己於不自覺間對他人形成的「欠負」，恐不在少數，無可奈何、深自警惕外，卻也隱含了感念上帝包容、祈求被欠負者諒解之意。全文於委婉曲折間，細述生命中一樁無可彌補的憾事，實可與本書另一選文——巴金的〈傷害〉——並讀，而掩卷之際，或許我們終將頓悟：他人於我之欠負與傷害，實亦可以從正向角度加以詮釋或理解啊！

感謝玫瑰有刺（五帖選二）

作者簡介

杏林子（1942～2003），陝西扶風人，十二歲罹患罕見疾病類風溼關節炎，一病五十年，始終以樂觀堅毅面對。北投國小畢業，靜宜大學榮譽博士，曾創辦伊甸社會福利基金會，並出任中華民國殘障聯盟理事長、國策顧問等。曾獲國家文藝獎、吳三連社會服務獎，當選十大傑出女青年。著有散文集《行到水窮處》、《另一種愛情》、《感謝玫瑰有刺》等。

（一）

清晨，常和孩子們一起唱一首〈感謝歌〉，每次唱到「感謝神賜溫暖春天，感謝神賜淒涼秋景；感謝神禱告蒙應允，感謝神未蒙垂聽；感謝神路旁有玫瑰，感謝神玫瑰有刺……」就有一股溫熱的淚水忍不住要從眼穴翻湧而出。

曾經，是那樣的不明白，為什麼感謝了溫暖的春天，還要感謝淒涼秋景；禱告蒙應允，自是應該謝天謝地，然而沒有應允，不該是忿忿不平、怨聲載道嗎？為什麼要感謝？何必要感謝？玫瑰花的芬芳美麗人人喜愛，但誰會喜歡它的刺呢？

那時候，是太年輕，年輕得不明白所有的溫暖和淒涼，所有的成全和未成全的，所有美和不美、歡欣和哀愁的都可以並列一起……直到我自己經歷了那些刺，那些尖銳的痛苦，以及傷痕。

初病時，非常自卑學歷的不如人，國小畢業，多麼卑下，多麼寒傖，同學來看我，我抵死不見，我不要看見他們臉上的笑容，不論是同情是憐憫是友善是關懷，於我都是一種刺痛，一種羞辱。

每天算著日子，算著他們該考試了，算著他們該放榜了，報紙卻是連碰都不敢碰，生怕在上面看到熟識的名字，每一個字都是一根刺，刺在我血跡斑斑的心上。

是不是就因為這樣的貧厄不足，才力加彌補呢？那段時間看書看到痴狂的地步，也不懂什麼好不好，正當不正當，只要是有文有字就不放手，哪怕是剛剛包了油條骯髒油膩的舊報紙，也是狼吞虎嚥捧讀再三，填補永不饜足的心靈。

早晨六點不到，家家戶戶尚在酣睡之中，不需要鬧鐘，亦不需要母親呼喚，一個人獨自摸黑起床收聽教育電臺齊鐵恨老師的《古今文選》，即使寒流過境也不曾漏過一天。三年如一日，我是他不繳錢的學生。

晚上，一家人都睡了，也只有我在燈下寫寫看看。從來沒有人逼過我念書，甚至，父母只會央求我：「好了，早點休息吧！不要太累了！」見我精神有所寄託，父母無寧是歡喜的，卻又擔心我沉迷過度，不克自拔，天下父母都是一般樣的矛盾心理。

似乎很自然的就這樣給自己走出了一條路，而居然，「北投國小畢業」

這六個字有了一層不同的意義。

僅僅小學畢業，不也表示，這以後的學問都是自個兒修的？別人學問好，那是因為他們面前早已鋪陳好一條路任他們走，而我的路卻是自己摸索，自己開天闢地一山一石鑿創而成，一路上自然有我的淚水汗水寂寞辛酸，然而，回頭再望，何處有血跡有傷痕，不也是無限的寬廣，無盡的風光明媚嗎？

一直到今天，讀書寫作對我仍是最大的娛樂及享受。只要給我一本書、一疊稿紙、一支筆，我可以靜坐終日，不知日月乾坤。

(二)

每隔一段時間，讀《聖經》時，我總喜歡翻到一處，經文是這樣寫著：

又恐怕我因所得的啟示甚大，就過於自高，所以有一根刺加在我肉體上，就是撒旦的差役，要攻擊我，免得我過於自高。為這事，我三次求過主，叫這刺離開我。他對我說，我的恩典夠你用的，因為我的能力，是在人的軟弱上顯得完全，所以我更喜歡誇自己的軟弱，好叫基督的能力覆庇我。我為基督的原故，就以軟弱、凌辱、急難、逼迫、困苦為可喜樂的，因我什麼時候軟弱，什麼時候就剛強了。

這段話是保羅說的。自始至終，保羅沒有說明那根「刺」是什麼，但以保羅那樣一個靈性剛強、信心堅定的人，竟然以「刺」來形容，並且求了三次要刺離開，可以想見給予他的痛苦是多麼尖銳強烈。他掙扎，他逃避，最後他終於明白，人世間有一些東西是逃也逃不掉的，他接受，並且坦然的面對這根刺，溫柔而堅定的，刺遂成為他生命的一部分。

每次讀到這裡，心裡總像被什麼輕輕牽動，彷彿那不再是歷史上一則故事，不再是一個長久以來被人覆誦的名字，而是我心中一段邈遠的往事，也有我的跋涉和風塵。

病中三十餘年，刺豈止一根，又豈止求了三次、三十次？但我不再求了，如果說，這根刺能令我更謙卑；如果說，這根刺能令我更柔和；如果這根刺能令我的心更溫潤的去貼近那些需要貼近的人，我的情愛如傾注的泉水去清涼那些需要清涼的人，那麼，就讓我順服，納刺於身，納刺於心，即使心房碎裂、流血死亡，也讓我無悔無怨，歡喜甘願。

世途漫漫，固然有陽光的晴和，花香爛漫，卻也避免不了荊棘和蒺藜，我們永遠分辨不出哪一樣教導我們更多。所以，在我們感謝玫瑰的同時，也讓我們感謝它的刺吧！

——選自《感謝玫瑰有刺》，九歌出版社

悅讀視窗

杏林子〈感謝玫瑰有刺〉一文原分五小節，本文所選為首、尾兩節。全文從一首令杏林子深感困惑的聖歌寫起，因為這首歌除感謝神賜春天、玫瑰、應允禱告外，也感謝神使玫瑰有刺、未應允禱告、賜下淒涼秋景。此一困惑在杏林子歷經多年思索與人生體驗後，終明白生命中所有負面事物例如：不美、哀愁、痛苦等，其實都有其正面意義，也都值得以溫柔遼闊的心加以包容。文中，杏林子更現身說法，以自己罹患罕見疾病輟學、只有「北投國小畢業」學歷為例，指出這根生命的「刺」雖帶給她痛苦與傷痕，但卻也是她自覺不足、一心向學、努力自修的一個動力，終開啓了她日後熱愛閱讀寫作之路，故回首往日之「血跡」、「傷痕」，並不悲嘆抱怨，卻反倍感欣慰那曾走過的坎坷道途，實亦「風光明媚」。文末杏林子特別引《聖經》中使徒保羅所言，再次強調人生所有痛苦的考驗都是「刺」，不應掙扎逃避，卻不妨坦然面對接受；而如果真能以包容心讓刺「成為生命的一部分」，那麼我們也就變得更謙卑、更堅強，也更充滿愛了。全文充滿一種陽光正面的訊息，期勉讀者感謝玫瑰的同時，也應感謝它的刺，極富啓發性外，結語「納刺於身，納刺於心，無悔無怨，歡喜甘願」的真誠告白，尤令人動容。

孫將軍印象記

——兼記一隻箱子

作者簡介

黃碧端（1945～　），福建惠安人，臺大政治系學士及碩士，美國威斯康辛大學文學博士，曾任國立中山大學、暨南大學外文系主任、教育部高等教育司司長、臺南藝術大學校長，行政院文建會主任委員，國立中正文化中心藝術總監、現為教育部政務次長。曾獲吳魯芹散文獎，著有散文集《有風初起》、《期待一個城市》、《下一步就是現在》、《黃碧端談文學》等。

孫立人將軍在十一月十九日告別了他充滿傳奇的一生。

前年夏初，我曾因偶然的機緣見到孫將軍，得半日的盤桓閒話，此時寫下來，也許聊可作為一點歷史注腳和對孫將軍的紀念。

先翁和孫將軍是清華的同學，在校時少年意氣相投，曾一起組隊打籃球，且結拜為兄弟。先翁來臺之初因此曾在臺北的孫府小住，有一隻大皮箱當時便留在孫宅。其後不數年，孫將軍被黜，形同幽囚，三十幾年間整個世界都失去了他的訊息。這隻留置孫宅的箱子，先翁自己都可能忘了，先翁過世後，晚輩更無一人知道。七十七年的春天，忽然親友輾轉傳話，說孫立人將軍有電話，希望我們去取回一隻先人的箱子，了卻他一樁心事。外子和我因此在那年暑假驅車臺中，按圖找到向上路孫府。

當時為孫將軍平反之聲已漸起，這也許是他開始較能和外界聯絡的原因。我們到時，應門的人，據後來將軍告訴我們，也已經是保全人員而不是治安人員了。

應門的大漢進去通報，我們在院落裡等著。我想起水晶寫張愛玲，說見到張愛玲，「諸天都會起震動」。手無寸鐵的張愛玲使諸天震動，曾經統率大軍屢建奇功的孫將軍，出現時「諸天」又當如何呢？我在等候的那一兩分鐘裡，心情是好奇，也不無一種伴同期待而來的忐忑。

然後孫將軍從庭院一端的小徑走過來了。不，我當時並不能確定是不是他，因為以一位年近九十的人來說，他是極挺拔而步履安穩的。然而，是孫將軍，遠遠地帶著微笑走來，諸天並沒有震動。孫將軍彷彿完全忘了自己的彪炳功業，眼前只是一位清雅而祥和的老人。他穿著格子襯衣，米色長褲，腳上穿雙跑鞋，是非常輕便而年輕的打扮，他的臉色紅潤，幾乎沒有什麼皺紋。在隨後的二、三個鐘頭裡，我發現我早先注意到的微笑，其實是他面容的一部分——一個你也許期待他不怒而威的將軍，結果竟是不笑時也永遠有一種和悅如微笑的神情。

孫將軍仍有極好的記憶。先翁少年的事情，小輩們都不甚了了，將軍談來則仍歷歷在目。他提到同期幾位一起打球的朋友後來結拜為兄弟，先翁長數月，是老大，將軍居次。那一屆的清華同窗人才濟濟，聞一多、梁實秋都是。當時清華是留美的預校，這些人後來也就同時赴美，但各進了不同的領域。

孫先生住的是日式宅院，屋裡放著唱機，他說年紀大了，看東西吃力，日常還是聽聽音樂的多。屋角的一隻凳子是象腿做的，我笑問是不是將軍從緬甸或印度打來的，他說是啊，本來是一對。另一隻我竟不記得他說下落如何了。

孫將軍又領著我們看了屋裡各處，有一個小神龕，他說是太太拜佛用的，樓上還有一個，說著轉頭問我們：「你們信不信教？」我們回說都沒有宗教信仰，他於是放心說：「我也沒有，我只信這裡——」他說時把右手貼在左胸上。走過一大櫃書時，孫將軍停下來說，這些書是當年撤退時一路運來的，我正考慮捐給清華大學，那是我的母校嘍，但不知他們能不能安頓一個好地方，這些都是善本，隨便放著，壞了可惜。——那櫃裡都是宋明版的線裝書，渡海來臺時將軍正當叱吒風雲的盛年，但是，持劍的將軍並沒有忘了書，我一直聽說孫將軍中、英文根柢都好，從他對那一櫃書的牽掛，也許也可以看出性情的一斑。

當然，談話並沒有觸碰到「孫案」，外子只試探地問，這些年，心情一定很受影響吧？將軍看了我們一晌，淡淡地說：「歷史一定會還我公道的。」我不知道他是寧願這樣相信，還是真對歷史的公正有這麼大的信心。他顯然正急切地要在餘日中把惦記的事情一一清理好，包括那一櫃想捐給清華的書，包括那一隻要我們來取的箱子。對瑣事尚且如此一絲不苟，對於事關他一生榮辱的兵變案件，他能淡然到什麼程度，當然不是我們一次晤面淺談所能觀察到的。歷史也許會使真相更貼近真相，但歷史卻也可能使是非判別的角度扭轉。孫將軍極在意自己的清白，我卻忍不住要生出一點淘氣的想法來：歷史會不會雖然證明了孫將軍的清白，卻又顯示他為了清白而作的倫理堅持並沒有絕對的意義呢？孫將軍的悲劇無疑在這裡：他為忠誠受疑而付出代價，在生命中其他的榮耀都被剝奪之際，他唯一在意的是要證明自己的忠誠。歷史還報他的，會不會是類似岳武穆的史評，使他贏得了尊敬，但否定了他的忠誠的絕對意義？這問題，也只有歷史能回答了。

孫府的後院種了不少花草蔬果，孫夫人指點給我們看各是些什麼。顯然花草多數是她在費心照顧。那隻成為隔代緣會的引線的大箱子就在後院的儲藏間裡，兩位「保全」人員幫忙抬出來，箱子厚重，生鏽的鎖也無鑰匙可開。先翁隸籍陝西，孫先生看著箱子開玩笑，說這箱子看來還是陝西牛皮做的呢！但我們卻疑惑，這箱子，沒有任何名牌標記，蒙塵鏽垢的程度顯示三、四十年間沒有人啟動過，其間將軍自己又經過天翻地覆的大變動，家當都是別人安置他時一併「移送」的，怎麼證明是該我們取回的呢？但將軍堅持，說我不會記錯，這是陝西老牛皮做的箱子。兩名保全人員建議把它撬開看看，其中一個隨即去拿了起子槌子來——我想他們的好奇程度可能猶甚於我們——將軍仍說不要不要，完整地帶回去再處理，你父親怎麼交給我的，我就怎麼交還你。

我們於是一路帶著這隻「陝西老牛皮」的大箱子回到高雄，找鎖匠剪斷了鎖。裡頭這樣重，竟只是些尋常鍋盤碗碟，已經發硬的衣物，還有一頂蚊帳。一直到找到一截先姑過世的輓聯，才終於證明這隻箱子果然是該我們領回的。這隻箱子想來是先翁來臺時匆促間胡亂填充就帶著的，後來過孫府小住，發現裡面並沒有什麼需用的東西，便留置下來沒有帶走，可能日後自己也完全忘了有這隻箱子了。

然而，這隻箱子，在孫將軍心靈顛沛的歲月中跟著他謫遷，上面雖然沒有任何標記，他卻清楚地記得是誰的東西，而在終於能夠有限度地跟故人通音訊的九十高齡，他要箱歸原主（即便只是原主的後人）。

我想起蘇格拉底飲鴆前不忘向鄰人借過的一隻雞，但是，才借的雞容易記住，我不能理解的是，孫將軍如何在三、四十年間牢牢記住別人不經意留下的一隻破箱子！

自古美人如名將，不許人間見白頭。從前讀到這樣的句子，曾想到對孫立人將軍特別適用，也許因為他彪炳的勳業和煥發的英雄形貌同時喚起我們對英雄和美人的兩種珍惜之情。而英年被黜，使他意外地在老去的歲月裡維持著英雄不老的形象，像濟慈或雪萊，在生命光燦之際離場，或者像岳武穆，把壯志未酬的遺憾留給世界，從此再不老去。

因此，我不能不說，意外地有一個機會去看孫將軍的時候，我固然有一種去看一個英雄的期待，我也因為終究要面對英雄白頭而有一絲不忍和遺憾。然而，原來老去的英雄仍可以極動人，這卻不一定是我先前所曾想到的。告別時，孫將軍殷殷送到門口，說下回你們來，也不必約定，我除了上醫院檢查以外，總是在家，你們有時間就來便是。我們唯唯，卻因路途遙遠，且也知道九十高齡的人不一定禁得起太多訪客的攪擾，因此始終沒有踐履再訪之約，隨後不久看到各界為孫將軍祝九十大壽，盛況足可視為非官方的平反，將軍重新出現在眾人面前，也許百感交集，也許對歷史的公正更增了信心，減低了憾恨吧。

然而我終也不敢說孫將軍一定有怎麼樣的憾恨，有時想起見到他的情景，輪廓有點模糊了，那彷彿成為表情的一部分的微笑卻是極度鮮明，還有他以手按胸，說自己不信教，「只相信這裡」的神情。許多英雄人物，在極度失意時都以宗教力量來幫助自己度過難關。在這一點上，孫將軍是勇者中的勇者，這樣的勇者不待宗教的天國迎接，人間最終的是非便是他所信仰的天國，當他說「歷史一定會還我公道」時，恐怕便是以一種宗教的虔誠在講吧。

如其然，走進歷史的孫將軍也就無懼地走進屬於他的國度了。

——選自《沒有了英雄》，九歌出版社

原載《聯合報·副刊》，一九九〇年十一月二十五、二十六日

悅讀視窗

孫立人將軍是抗日名將，曾遠征緬甸，重挫日軍，打通中印公路，揚威異域，勳業彪炳。政府遷臺後，因國軍內部派系之爭，於一九五五年遭人構陷，指其與部屬密謀兵變，致被長期軟禁三十三年，一九八八年始恢復自由，獲得平反，是即黃碧端文中所謂「孫案」。

此文寫於孫立人一九九〇年以九十高齡辭世後，黃碧端以晚輩身分，追憶兩年前，她受命前往孫府取回父親昔日留置的一隻皮箱。

由於與孫將軍「得半日的盤桓閒話」，親炙其人格風範，深受觸動，乃執筆撰成此文。

在黃碧端筆下，她所見孫將軍雖年近九十，卻挺拔從容，清雅和悅，臉色紅潤，穿著復簡便年輕，完全不同於想像中「不怒而威」的武將，卻是極其動人、永遠帶著微笑的不老英雄。黃碧端透過孫將軍擬將一整櫃藏書捐給母校清華大學，與念念不忘「箱歸原主」兩事，著力描寫他認真執著、處事一絲不苟的態度，更以蘇格拉底臨終不忘還雞的著名典故和孫將軍「歸箱」一事並提；而全文最令人過目難忘處，尤在孫將軍以手按胸，說他不信教，「只相信這裡」

的敘述；黃碧端乃以此推崇孫將軍是「勇者中的勇者」，因為他是以篤定強大的自知自信度過生命難關，並不仰賴宗教力量。全文緊扣印象二字落筆，兼述對「孫案」的感慨，而終及於求仁得仁、俯仰無愧的結論，於私，固是黃碧端個人「紀念孫將軍」的印象記；於公，則實亦是極具參考價值的「歷史注腳」。

先能關心才能開心

作者簡介

蕭蕭（1947～　），本名蕭水順，臺灣彰化人，輔大中文系畢業，師大國文研究所碩士，曾任教於景美女中、北一女中、文化大學、真理大學等，現為明道大學中文系講座教授。曾獲金鼎獎、五四獎（文學編輯類）等。著有詩集《悲涼》、《雲邊書》、《凝神》，散文集《美的激動》、《太陽神的女兒》、《稻香路》，評論集《臺灣新詩美學》、《現代新詩美學》等。

「開」與「關」是相對的，開門與關門造成相反的結果。但是，「開心」的相反並不是「關心」，「關心」並不是「不開心」的意思，開心與關心之間，我們或可發出會心的一笑。

中國字詞，往往有令人意想不到的特殊意義。譬如「關心」為什麼是關切、關懷、關注的同義詞呢？是因為「關」有牽連接引之意嗎？其實，不要深究，望文生義也頗為有趣，我們就把「關心」想成「全心全意」也沒有什麼不可以吧！把心關住，只好全心全意去做一件事，這就是關心。有時我們做一件事真的是全神貫注，這種情況不就是「關」心嗎？

這種旁解，當然不是真正研究文字學的作法，不過未嘗不可以做這種聯想。

宋朝王安石，大學問家，他就倡過「右文說」，認為形聲字大部分是左形右聲，右邊的聲符應該也會具有意義，所以他跟蘇東坡說，你的「坡」字就是「土之皮」，三點水的「波」就是「水之皮」。蘇東坡反問他，那麼「滑」字就是「水之骨」囉？「以竹打馬」是「篤」，「以竹打犬」又有什麼好「笑」呢？王安石當然啞口無言。今天我們看看這些字，想想水土的皮骨，其實也有另一種興味。蘇東坡自己的詩句：「山是眉峰聚，水是眼波橫」，也把山水擬人化，有情化了，就像我們日常用語：山頭、山頂、山腰、山腹、山腳，幾乎把山全部「人體化」了，不是滿有趣的嗎？

所以，如果有人問我怎樣才能「開心」，我都回答他：「先關心」。想想看，你要開門是不是因為你先關了門，不曾關門如何開門？

我當然也有學理上的根據。

孟子曰：「學問之道無他，求其放心而已矣。」「放心」的意思是「放失本心」，也就是「心野了」的意思，像牛羊跑出柵欄之外，當然要去尋求回來；把「放失的心」找回來，找回來幹什麼呢？當然是「關」起來，把心關起來，讓他專心回復本來的善心，這就是學問之道，究其方法，也不過是「關心」二字而已矣！

學生成績不好，悶悶不樂，當然不開心，我們只要問他一句：你關心你的功課嗎？一個人如果關心他的功課，必然會把全副心神投注在功課上，功課哪會不進步呢？就像一個人關心於電動玩具上，他就能破解許多新的程式，所以他就開心了！不關心，怎麼能開心？

自己的子弟不學好，當然不開心。我們也只要問一句：你關心他了嗎？如果你關心他的功課、他的交友、他的煩惱苦悶，就不會有問題青年產生，哪有不開心的呢？相反的，回到家只關心自己的生意，自己的麻將，一點也不關心自己的子弟，又如何從子弟的身上獲得開心的事呢？

關心於此，當然就從此開心。

關心愈深，當然開心也愈多。

凡事只問：「你關心了嗎？」

我們付出關懷，就是一件開懷的事，被關懷的人，心中也注滿了相等的喜悅。這樣兩倍的效果，應該是每個人都可以算出來的。

關心物，我們從物中獲得開心，關心人，我們從人身上獲得開心。同時，為我們所關心的物與人，也獲得被關心的開心——別人關心你，難道你不開心嗎？付出一分關心，獲得兩分開心，人生的喜樂就是這麼多，為什麼我們不多關心周遭的人、事、物呢？

真的不要吝惜我們的「關心」。

——選自《太陽神的女兒》，九歌出版社

悅讀視窗

蕭蕭此文是一帖溫暖的說理小品，也是一篇有趣的道德文章。

全文在進入主題前，先來一段輕鬆的說文解字，從兩個意涵相對的字「開」、「關」說起，又多角度詮釋「關心」一詞，並且引王安石、蘇東坡令人莞爾的文字學趣解，說明文字解讀若出以創意，常可得妙不可言的新體會；底下乃順勢發揮，以趣味、創意解讀方式指出——如果要先關門才能開門的話，那麼以此類推，同理，也必須「先關心才能開心」。接著，文章後半段，蕭蕭更進一步提醒我們，關心的付出，常有雙倍的收穫，因為不只關懷別人的人感到快樂，被關懷的人，也因他人關心而充滿喜悅——一舉兩得如此，那麼，為什麼我們不多關心周遭人、事、物呢？

全文指出關心是開心的前提與必要條件，開心程度之多寡也與關心程度深淺成正比，故蕭蕭建議，人生於世，「凡事只問：『你關心了嗎？』」全文發抒溫暖的妙論，而以「不要吝惜我們的『關心』」作結，語重心長，言之成理，值得深思細品。

我們是否還相信……

作者簡介

顏崑陽（1948～　），臺灣嘉義人，國立臺灣師範大學文學博士，曾任中央大學、淡江大學、東華大學中文系教授兼人文社會科學院院長。曾獲《聯合報》短篇小說獎佳作、《中國時報》文學獎散文優等、中興文藝獎章古典詩獎等。著有《顏崑陽古典詩集》，小說集《龍欣之死》，散文集《傳燈者》、《手拿奶瓶的男人》、《上帝也得打卡》等，以及學術論著多種。

「爸爸，為什麼不相信聖誕老公公的小朋友，都沒有禮物？」這是吾兒顏樞最近發現的問題。

他，八歲，小學三年級，聰明極了。假如，你問他：「這世界上，真的有聖誕老公公嗎？」他一定毫不猶疑地回答：「當然有！」假如，你反對：「胡說，你被騙了！」他就會有些氣惱，又有些得意，把這幾年聖誕老公公送他的禮物搬出來，大聲說：「這都是真的呀！」

吾兒顏樞，聰明極了。但是，在這樁事情上，似乎又有些傻。同年齡的孩子都已不相信聖誕老公公，他卻還深信不疑。

然而，轉念再想，對於某些事物，傻的人卻往往比聰明的人快樂多了。吾兒不就說了嗎？不相信聖誕老公公的小朋友都沒有禮物。我常想，每年的聖誕節，他一定比不相信聖誕老公公的孩子多了些快樂。因為，他還抱著一個別的孩子早就失去的夢想：有一位慈愛的老公公會送我禮物，只要我是個好孩子。

去年聖誕夜，他忽然體貼地想到：聖誕老公公忙著送禮物，很辛苦，會口渴；便在臥房的桌子上放了一瓶「舒跑」，一張慰問卡。第二天清晨，他興奮地在聖誕襪中拿到喜愛的禮物，同時也驚異地發現：「聖誕老公公真的喝了舒跑吔！」桌上還躺著一張用英文寫的謝卡，稱讚他是一個體貼的好孩子。這個聖誕節，他過得好快樂！

吾兒顏樞什麼時候才會知道，世上真的沒有聖誕老公公。這，我一點兒都不急，只希望在他純真的童年，能多體會一些人與人之間的善意，多抱一些無害於人的夢想，多享受一些所費不多的快樂。

你同意嗎？這世間，有些東西，在事實上，是真是假，並不重要；重要的是，在心靈上，我們是否還相信：人間真的有善意、夢想與快樂。

——選自《上帝也得打卡》，麥田出版社

悅讀視窗

書寫生活感想且簡筆素描一個純真的八歲男孩「吾兒顏樞」，顏崑陽「我們是否還相信……」是一帖不滿千字的雋永小品。全文最令人難忘且忍俊不禁處，在顏樞小學二（也可能三）年級聖誕夜，特別為聖誕老公公準備「舒跑」並致贈慰問卡的敘述。當同齡孩子都已不相信世上有聖誕老公公時，顏樞不僅深信不疑，還煞有介事揣想「聖誕老公公忙著送禮物，很辛苦，會口渴」，且更進一步將揣想化為提供飲料的具體行動；而尤令人讚嘆的是，顏樞所準備者並非一般飲品，卻顯然是經過深思熟慮特別挑選的運動飲料「舒跑」，如此細膩、周全、體貼與將心比心之關懷，實可謂人間善意淋漓盡致的展現！也難怪顏樞是快樂的小孩了，因為他擁有不染塵垢的天真、善良與夢想。全文標舉出快樂的三個條件，啓人深思之餘，我們也確實同意顏崑陽於文末所說——世間諸事，真假（例如聖誕老公公是否存在）其實並不那麼重要，重要的是，我們是否還保有無可取代的純真、夢想，與對人、對這世界溫暖的關懷與善意。

超越障礙的麻袋

作者簡介

高大鵬（1949～　），山東臨朐人，臺灣大學中文學士及碩士，政治大學中國文學博士，曾任《聯合文學》總編輯，歷任政治大學、臺北商業技術學院、東吳大學等校教授，曾獲《中國時報》文學獎、中山文藝獎、國家文藝獎等。著有詩集《獨樂園》，散文集《追尋》、《移山集》、《永遠的媽媽山》和學術論著多種。

普天之下，成功的滋味都差不多，但失敗的滋味卻有千種。由於失敗的感受特別深刻，因此也往往更耐尋味而使人有所得、有所長進，使人成熟。從這一點來看，世間實在並沒有絕對的成功和絕對的失敗。如果從失敗中我們獲得了智慧信仰，確定了人生的真價值和真意義，則這一失敗就不能算是失敗：而只能說是人生的一個迂迴的實現，在繞了這麼一個大圈子的工夫裡，我們的眼界大了、境界高了，意志也更堅定了，這不正是一種成功嗎？真的，成功常屬於那些善於運用失敗的「敗部復活」，人生的精彩要從這裡頭見。古代禪師們說：「大死一番、大活現成」，也不外這個意思。

我的年歲不大，但是在這競爭劇烈的工商社會裡，失敗的經驗也絕不比別人少，這些經驗事後想想，卻都多少對我有益。成功的事、得意的事慢慢都淡忘了，當時的興奮狂喜也無從記存，倒是那些慘痛的失敗，始終銘刻於心，有如年輪一般，清楚地刻畫出成長的軌跡。我不能說我愛失敗，不，我實在是更愛成功，但隨著年事漸長，我逐漸學會尊敬失敗、敬畏失敗。成功像是我的戀人，失敗卻像是我的老師，儘管他手持戒尺，望之儼然，我對他的敬愛卻與日俱增。我一直到今年三十四歲才懂得《聖經・約伯記》裡的奧義：失敗實非懲罰，而係教育，它像成功一樣都是天賜的禮物，人應該以同樣的歡喜感激之情去接受它、並且感恩，這一念之誠將使人寬廣。成功與失敗彷彿生命的日和夜。在白天固然陽光普照，萬象昭蘇，但在黑夜，萬千星球，森然羅列，豈不更彰顯出宇宙的莊嚴與奧妙？人在黑夜裡能反省，才能在白日裡成功，因此成功常屬於那些善處失敗的人，「失敗為成功之母」，這句話乃是為這一種人而講的。不能善處失敗的人又豈能善處成功呢？

回顧平生的遭遇，失敗的次數多不勝數。由於我智慧開得比常人晚，吃到的苦頭也比別人多，因此可以說，我對失敗太了解了，他已經成了我的老朋友，彼此知之甚深。我自小以笨出名，及長不改，為了這個笨字，不知讓雙親操了多少心，直到我母親晚年病重，仍為此掛慮不已。她最後一次住院，還不忘提醒我的妻（當時還是女友）說：「這孩子太笨，你要好好照顧他！」這話妻在婚後常對我提起，半是認真，半是打趣，但聽在我心裡，卻有說不出的淒涼意。

「你到底笨在哪裡？」這問題要確實回答並不容易，我因為笨而招致失敗的事情很多，要在這些多如牛毛的事例裡面，找出一個最有代表性的就很費事。不過，幾經思索，倒是有一件事，時時浮現在我腦海，特別是在母親過世，我自已有了孩子以後，這件事就成了我前半生失敗經驗的一個總代表。後來每逢被問起，我總是拿這件事情來說明。記得母親生前常愛跟我提這段往事，我當時不了解她何以老愛提這不甚光榮的糗事，如今年事稍長，才知道那是我成人以前最有意義的一次失敗。

小學時代參加過一次運動會，大約是二、三年級的時代，那是一次規模盛大的校運會，不但全校師生悉數參加了，學生家長們也密密麻麻地把大操場四周擠了個滿。當然，我的母親也在其中。運動會節目裡有一項是

「超越障礙賽跑」，每個與賽者都規定必須穿越環繞全場各處的一些障礙物。比如，網子、槓子、低欄、繩索等等，邊跑邊穿越，看誰最先穿越障礙，抵達終點。我的體育一向不行，跑的已比別人慢、穿越的技術也不靈光；但拚命以赴，還不致殿後。不幸跑到最後一關的時候，遇到了「魔障」。原來那一關規定大家要雙腳套入一個大麻袋裡、用袋鼠跳的方式，一步一步地跳到終點。這一障礙其實並不算難，但放在最後決勝的終點前卻大是磨人。千里迢迢、連爬帶滾地好不容易捱到這裡，早已風塵僕僕、灰頭土臉，分明終點在望，卻要拖著師老兵疲的身子作袋鼠跳，這對於八、九歲的孩子真是動心忍性的一大磨考。袋子大、個子小，兩邊一拉已過胸部，兩腳要放穩已屬大不易，何況還要同時立跳，不被麻袋絆倒，這不但需要功夫，還需要大好的毅力。就這樣，多半的選手都半途跌倒，倒下之後翻身便跑，連麻袋也甩在身後不顧了。一人如此、人人如此，不久只見麻袋扔了滿地，每個人都一溜煙地跑回終點領獎去也。最後全場居然只剩下一個孩子還在鍥而不捨地抱著麻袋，一瘸一拐，一步一跌地作袋鼠跳，灰頭土臉是不必說了，汗水泥漿更是挾泥沙而俱下，全場師生家長來賓都為之譁然，而拊掌大笑，而尖聲「喝采」，盛況空前，熱鬧極了！

那孩子雖知已引起全場注意，但仍固執地不放棄他那絆腳的麻袋，堅持要學袋鼠跳完最後一步，就在全場譁笑怪叫聲中，他回頭一看，乖乖，不但名列後茅已成定局，連第二波的選手也已經掩殺而至，真所謂「漁洋鼙鼓動地來，驚破霓裳羽衣曲」。黃塵起處，殺氣騰騰，多少觀眾為他「加油」，勸他扔了麻袋；甚至他的老師也在不遠終點處向他頻頻揮手，示意他「可以休矣！」但，他終不休，硬是拖著麻袋跑到底，不，摔到底！結果他跑了第一——第二波的第一名。

很不幸，那個孩子就是當年的我。比賽完畢之後，在人群裡找到母親，她一直沒停地笑著，連聲說：「真是笨得出奇！」然而，她一邊給我擦汗，一邊卻緊緊拉著我的手。當時年幼，不很能體會那裡頭的意思，只是覺得她的笑不同於旁人的笑，那笑裡面是暖和的，像憐惜，又像鼓勵。當然，這是我後來比較懂事時回想所得，但無論如何，那笑是暖和的，我一生再沒見過那樣的笑。

事隔多年，偶爾提及此事，我問母親她當時的感受，她只說「很著急」，為我捏一把冷汗。我問她有沒有為這樣一個冥頑不靈的兒子而感到愧恥。她爽快地說：「完全沒有！」而後收斂笑容，語重心長地說：「我感到驕傲！」

母親是護短，還是為了安慰兒子？我不確定，但自我懂事後，觀察母親日常言行，其進退之際，凜然不苟，這便注定了她一生難展笑眉的命運。我慢慢想她的話是真的，因為在這亂世裡堅持原則，豈不與抱著麻袋超越障礙一樣有異曲同工之妙？她之能不以我之愚頑為恥，且引以為慰，正是其來有自，不足駭怪之事。

在人生迂曲離奇的路上，我始終沒有扔了那個絆腳的麻袋，至今也還在兀自做著袋鼠跳，這便注定我一次又一次的失敗，但這真是失敗嗎？守住原則而心安理得！這一分內省而不愧於神明的恬適正是我的成功。天生烝民，有物有則，民之秉彝，好是懿德，笨裡有無限學問，非智者所能知，失敗中有無限天機，也非巧者所獨得，我平生的受用正在愚笨和失敗裡，正在多走了的那些冤枉路上，我毫不羨慕別人的成功，也不後悔自己的愚拙——守愚聖所臧，我決心守住我的麻袋，這一生也不扔了它。因為這一口麻袋裡有我對天的敬畏和對人的愛。對於我，它的價值遠遠超過了成功與失敗！

——選自《追尋》，聯合文學出版社

悅讀視窗

高大鵬〈超越障礙的麻袋〉一文，對成功、失敗有非常精彩的詮釋。全文先從客觀角度，指出世間並無絕對的成功與失敗，因為失敗若使人成熟、有所收穫與長進，便不算失敗，而是另類「成功」。其次作者以「成功像戀人，失敗是老師」的妙喻，說明他以「敬畏」態度看待失敗，又引《聖經．約伯記》指出失敗是「教育」與「天賜禮物」，宜以歡喜感激之情接受並感恩，「善處失敗」。接著，作者以自己一個代表性的失敗經驗——小學校運會在障礙賽中「名列後茅」

的往事——既指出母親身教的終生影響，也點出母愛的支持鼓勵，是他此生擇善固執的力量所在。這段描述障礙賽選手袋鼠跳的文字，敘事生動，而令人難忘處尤在作者——也就是那「笨得出奇」的男孩——堅持以問心無愧方式完賽的執著。文末，作者指出其不擅、不願投機取巧的「笨」，雖注定了人生中一次又一次的失敗，但這守住原則、心安理得的恬適，其實卻是更有意義的「成功」！因此他樂於「守愚」、堅持寧拙勿巧，「這一生也不扔了它」！全文自述個人安身立命之道，出以圓熟觀照與忠於自我的精神，令人感佩！語云：「世事洞明皆學問，人情練達即文章」，正是此文寫照。

紅龜粿

作者簡介

林清玄（1953～　），臺灣高雄人，世界新聞專科學校電影技術科畢業，曾任職《中國時報》編輯及記者，現專業寫作。曾獲時報文學獎、中山文藝獎、吳三連文藝獎、國家文藝獎等。著有散文集《鴛鴦香爐》、《迷路的雲》、《走向光明的所在》、《菩提》系列，及電影劇本、報導文學、評論集等百餘種。

從前臺灣人喜歡吃紅龜粿，因為紅龜粿的顏色代表了吉祥，它的造型飽滿則象徵了圓滿。所以，在年節慶典，家家都要做紅龜粿，有時候在廟裡，祈願實現了，要做幾百斤的紅龜粿來還願。

紅龜粿作法簡單，包了紅豆的麵糰在鍋裡蒸熟，發圓就成了。如果數量多些，晾乾就比較麻煩，要一一排好，晾幾個小時。

有一位婦人，做了許多紅龜粿，由於沒有地方放，就晾在長板條上。

不久，他的丈夫從外面回來，一屁股坐下去，正坐在滾燙的紅龜粿上，立刻慘叫一聲，在屋裡的妻子、婆婆、小姑聞聲，全衝了出來。

妻子說：「真失禮，我不應該將紅龜放在椅條上，害你燙到了，有沒有怎樣？」

婆婆說：「失禮的是我，以前我都是叫媳婦早上做紅龜，這回忘了提醒她，才在下午做，不然就不會燙到你了。兒子，有沒有怎樣？」

小姑說：「不對的是我啦，我剛剛進門時，看紅龜擺在椅子上，就想到可能會燙到人，卻沒有動手把它移到桌上。」

丈夫說：「你們都沒錯，錯的是我，我應該先看清楚椅子才坐，就不會燙到了。還好，只是熱熱的，並沒有受傷。」

本來是一件不好的事，由於大家都認為過錯是自己，反而更加的和樂了。

這是一位長輩告訴我的故事，他說：「覺得自己有錯是最高的美德，也因為自承缺憾而顯現了人圓滿的品質，這種美德在現代社會已經失去了。」這個「紅龜事件」如果發生在現代，對話就完全不同了。

丈夫：「到底是那一個混帳東西，紅龜放在椅子上，害我燙到屁股！」

妻子：「你這個凸肚短命的！你的眼睛被屎糊到了呀！紅龜那麼大粒，顏色那麼紅，你看也沒看見，一屁股就坐下去，屁股燙爛了最好！」

婆婆對媳婦：「你這個猶查某，紅龜炊好不放桌上，放椅上，害尫婿燙到，還在那裡大聲小聲！」轉身對兒子：「你這個夭壽死囡呀！你娘是沒有給你生眼睛嗎？眼睛糊到蛤仔肉，紅龜給壓得扁扁的，要拿什麼去拜拜，拜你的屁股好了！」

小妹：「不要吵了！給紅龜燙到，又不是被火車撞到，大驚小怪，人家明天還要考試呢！考不好都怪你們啦！」

接下來可以想像，妻子罷工回娘家，與婆家展開長期的冷戰。丈夫悶悶不樂，跑出去與朋友酗酒，大醉三天三夜。婆婆嘮叨兒子娶妻不賢，害伊氣身陋命，心臟病高血壓都是娶了媳婦才有的。小姑考試沒考好，在家裡大發脾氣、亂摔東西、連做紅龜的工具都打破了。

臺語有一句語詞叫「顧謙」，不只是謙虛而已，是指「因顧慮別人而謙讓」，這種好品質在社會中逐漸失落了，我們總是覺得自己最對，錯都在別人的身上，這種只顧慮自己的人，就難以謙讓，那就不是「顧謙」，而是「顧人怨」了。

佛經裡把這世間稱為「婆娑世界」，意指這是不完美的世界，人人是有缺憾的眾生。自以為圓滿的人是最不幸的，因為他們往往要過著充滿掩飾的虛情假意的生活。願意自承錯誤、見及缺憾的人，正是走入了覺悟的第一步。

——選自《走向光明的所在》，圓神出版社

悅讀視窗

林清玄〈紅龜粿〉一文記述某長輩告訴他的故事，這故事發生在農業社會，亦即作者所說是人與人之間講究「顧謙」作風——顧慮別人而處處體貼謙讓——的時代，故當外出工作的丈夫返家，不慎被長板凳上方蒸熟的紅龜燙到時，家人間彼此互動的一連串對話，便都是關心對方、反省自己的言語，滿室春風的和樂氛圍下，於是，原本不甚愉快的「紅龜事件」遂亦圓滿落幕。但若這故事中每個人都只考慮自己，卻把過失、責任推到別人身上的話——在此林清玄模擬了另一種相反的狀況，即一家人彼此尖酸刻薄地相互指責——結果，相同的「紅龜事件」竟引發出難以收拾的軒然大波了。全文以對照方式，透過丈夫、妻子、婆婆、小姑之間的兩組對話，生動凸顯了「顧謙」與「顧人怨」之別，並藉以提醒讀者——婆娑世界，人人均有缺憾疏失，能多為他人設想，溫暖相待，復樂於坦承一己過錯，才能顯現人「圓滿的品質」，所言頗令人想起本書另一選文——黃永武小品〈怒〉，兩文合而並觀，當可激盪出更多的體悟。

小超人之怒

作者簡介

陳幸蕙（1953～　），湖北漢口人，臺大中文研究所碩士。曾任教北一女中、清華大學中語系，並擔任臺北商業技術學院駐校作家，現專業寫作。曾獲中山文藝獎、《中國時報》文學獎、當選十大傑出女青年。著有散文集《把愛還諸天地》、《與玉山有約》、《玫瑰密碼——陳幸蕙的微散文》，評論《悅讀余光中》系列，並編撰《小詩森林》、《小詩星河》、《余光中幽默詩選》等。

他的綽號是「小超人」。

因為短小精悍，體力過人，同學都覺得這綽號很適合他。

小超人是班上的「打工之王」，國中畢業那年暑假，就已在他家巷口魷魚羹麵攤打工了！後來還曾到義美當月餅包裝員、去NET摺衣服、在珍珠奶茶店搖泡沫紅茶……

由於小超人幹勁十足，一張臉又總是笑嘻嘻的，不論在哪裡打工，老闆都很滿意，小超人也很有成就感。

但××堂書店打工那回，小超人說，卻是他打工史上最丟臉的一次！

小超人常說，他的八字可能和××堂書店犯沖，因為第一天上工就在搬運物品時，被紙張割傷了手——

「想不到普普通通一張紙，居然和刀片一樣利！」小超人常這樣感嘆。

後來耶誕卡上市，店裡明顯忙碌起來，小超人每天都得負責清點卡片數量，保持檯面整齊。

「——那不是很輕鬆嗎？」

每當有同學如此接腔，小超人總回上一句：

「才怪！你去做就知道！」

小超人說，這看似簡單的工作，其實非常吃重！清點卡片數量還好，但保持檯面整齊，卻是天底下最累人的事，恐怕連真的超人來了都沒辦法！

因為幾百種卡片平擺開來，如果顧客挑選某種樣式覺得不喜歡，把它放回原來紙盒就沒事。但偏偏許多顧客——尤其學生——從紙盒拿起卡片，一看不滿意，就隨手亂放，搞得檯面亂七八糟，常常這邊才整理好，那邊又亂掉了！

而耶誕節前那個禮拜天，小超人說，店裡生意特別好！當他正忙得人仰馬翻時，忽然發現一個小學生東翻西攪，只看不買，把卡片搞得一塌胡塗，活脫脫就是破壞王現身！

小超人說他和顏悅色懇求小學生，卡片看完請放回紙盒，不要亂擺亂扔，懇求了兩次，但破壞王根本不甩人！後來因為實在太過分，小超人無意間冒了一句：

「抵迪，你再這樣，人家會說你沒教養喔！」

到一個穿夾克的中年男人忽然轉過身來，劈頭就問：

「你說我小孩沒教養？ㄚˊ——？……」

小超人說他正想擺出招牌笑容解釋並道歉，沒想到中年男子忽然猛推了他一下，竟開罵起來：

「你說我小孩沒教養，你有教養，是不是？那你有教養，怎麼會跑到這裡來賣卡片？ㄚˊ——？……」

雖明知對方不講理，且根本邏輯不通——賣卡片和有無教養有什麼關係呢？——但小超人說，男人動手推他，這種肢體侵犯實在令他很生氣，儘管他及時發揮最大修養，按捺住心中憤怒，但已引起一陣騷動。

最後，是店長出面調停，把他們請到辦公室，由小超人向中年男子深度鞠躬道歉，那對父子才悻悻然離去！

由於非常愧疚給店裡帶來困擾，也很懊惱自己「打工之王」一世英名毀於一旦，那個月做完，小超人就主動請辭了。

小超人說他打工多年，最大的感觸，第一，就是「錢難賺」！第二，就是「大多數人都只為自己想，很少為別人想」，小超人並且以那次「破壞王事件」中的中年男子為例說：

「就算不把我們這些苦命工讀生看在眼裡，至少也替其他無辜顧客設想一下嘛！……」

小超人說他記得有位作家曾說過一句話——愛到最高點，心中有別人！

如果有一天他當了行政院長，一定要在我們這個社會發起一個「心中有別人」的運動！

問一向笑嘻嘻的小超人，那次破壞王事件，他還生氣嗎？

「不生氣了！只是有點傷心罷了！」

小超人回答。

看著小超人少有的正經表情，我想，他真的是被破壞王、破壞王爸爸，簡言之，被我們這個不怎麼尊重別人的社會傷到了！

——選自《與玉山有約》，九歌出版社

悅讀視窗

〈小超人之怒〉一文選自陳幸蕙《與玉山有約》一書，作者在此書序言中說這本書是獻給新世代、獻給校園裡所有學生、獻給成長中之每一個年輕朋友的，因此書中所述乃多為新新人類故事。〈小超人之怒〉便是一個令人感慨的新新人類故事，這故事從小超人原是快樂、敬業的「打工之王」說起，而後轉進至耶誕節前小超人在書店負責清點卡片數量、保持檯面整齊之事，但因顧客多將看過後不買的卡片隨手亂放，以致這簡單的工作竟讓小超人忙得「人仰馬翻」。但真正令小超人覺得「受傷」，最後更因此辭去書店打工一職的關鍵，卻是「破壞王」父子二人目中無人、蠻橫無理的行徑。雖然文末小超人表示他並不為「破壞王事件」感到生氣，且還以詼諧口吻說，未來若當行政院長，一定要在我們社會發起一個「心中有別人」的運動，令人莞爾，然而他打工多年的感觸——大多數人都只為自己想，很少為別人想——卻流露出無比的感傷。全文所述雖是一個不愉快的故事，然而這故事所啓動的反思卻正是——「心中有別人」實在是我們開啓人間愉快的一把鑰匙啊！

玻璃化為煙羅紗（二帖）

作者簡介

張曼娟（1961～　），河北豐潤人，世界新專報業行政五專部畢業，東吳大學中國文學系學士、碩士、博士。曾任香港光華新聞文化中心主任，現為東吳大學中文系教授。曾獲全國學生文學獎小說首獎、中興文藝獎章等。著有散文集《緣起不滅》、《百年相思》、《黃魚聽雷》，小說集《海水正藍》、《火宅之貓》等。

（一）玻璃化為煙羅紗

朋友在很夜了的時候，來到我家樓下，為的是送我一顆高麗菜。他說自己剛從中部的一座山下來，去山上閉關幾天，心情一直不好，後來有一天，他沿著山徑散步，看見賣高山蔬菜的婦人，堆疊了小山頭一樣的高麗菜，正在叫賣。他忽然記起我說過高山上的高麗菜特別鮮甜好吃，於是就買了兩顆，沉沉地提在手中，不知道要往哪裡去。就這麼走著走著，來到停靠路邊的車子旁，於是，他想著，不如把菜送去給我吧。就這樣，他離開山上，回到城裡，停在我家樓下。

這個朋友，自從與人合開公司被倒帳之後，很有些萬念俱灰，原本是要出國去一陣子的，偏又碰上 SARS，他就這樣小規模的失蹤一段時間。看見他捧著一顆圓圓的高麗菜，站在面前，我放心了，也覺得這模樣有些滑稽。

看見我笑，他也笑了，怪彆扭的把菜塞給我：「哪。妳說妳最愛的！」我抱著菜，很感動的樣子說：「想不到你還記得。」朋友說很多年輕的事都記得啊，比方說我給高麗菜的奇怪的名字。我很少叫高麗菜這個名字，也不叫它包心菜，從小，我家裡都是叫它「玻璃菜」。像玻璃一樣透明的葉片，剝下來的時候也像玻璃一樣易碎。曾經，在課堂上，老師問我們最喜愛的蔬菜，我說玻璃菜，同學都投以奇異的眼神，並且問我玻璃菜是玻璃還是菜？

我家常吃玻璃菜，吃的方式很簡單，切成細絲之後，與小蝦皮一起熱炒，炒成很柔軟的質地，混著蝦皮的鮮味，是父親的最愛。我卻覺得失去清脆的口感，就失去了玻璃菜的本質，所以，我愛的是宮保或是酸甜的玻璃菜。加一點辣椒，加一點糖和醋，將葉片剁成小片的形狀，一起熱炒。油鍋裡拌幾下，看著葉片不那麼挺脆了就起鍋，吃在嘴裡還有著玻璃的質感。

年輕時候我們幾個朋友開車去梨山玩，雖然已經是春天了，空氣依然冷冽，風刮在臉上刺著疼。衣服穿得不夠，住宿在賓館裡，棉被和床鋪都是潮潮的寒意，我們已經開始抱怨，誰出的主意，在這時候上山來，不是受罪嗎？好容易等到晚餐，哆嗦著走到桌旁，一點點肉絲的炒蛋，沒入味的醬爆雞，都讓人覺得這樣的夜晚很難度過。然後，一大盤蒜片炒玻璃菜端上了桌，熱騰騰冒著白煙，給人捎來不少盼望。高山上的玻璃菜經過霜降，特別貯存著甜味，咀嚼的口感更脆一些，我忽然想起日式炸豬排底下墊的玻璃菜絲，就該是這樣的口感和滋味啊。我挾著滿滿一筷子，放進嘴裡，心滿意足的嘆息著，我說我真愛高山上的玻璃菜，今晚可以舒舒服服睡一覺了。送玻璃菜給我的這個朋友當時也放下筷子，露出狐疑的表情問，什麼菜？玻璃菜是什麼菜？

朋友聽我提起這段往事，他說他還是覺得叫作玻璃菜起來很危險，玻璃不是隨時可能破碎的東西？碎了還會割人？我說很多事情都很危險的，可是它一定有著足夠的魅力讓人願意一試再試。朋友不說話了，他可能以為我在暗示他的處境與遭遇，我其實並沒有這樣的意思。

夜實在很深了，我問他明天有沒有事，可以過來午餐，「就吃這顆玻璃菜。」我已經拿定主意，做一個玻璃菜捲給他吃。先將碎肉醃好拌香，再將玻璃菜一片片放進熱水裡，燙得更透明而柔軟，像一疋煙羅紗似的綻著光澤，將肉捲進去，成一個個小春捲，再放進鍋裡大火隔水蒸。玻璃也許是危險的、易碎的、能傷人的，可是，當它變成煙羅紗，便能溫柔的包裹一切的美好與難堪。

（二）翡翠鑲黃金

常常我在報紙或電視上看見那些上吊或者跳樓自殺的青少年，都有一種奇異的感覺，並不盡然是惋惜，也不只是旁觀的冷靜，而是一種劫後餘生的恍惚，我是一個倖存者。只有我自己知道，我的青少年時代是那麼不快樂，那麼百無聊賴，那麼時時刻刻的想尋死。高中聯考就在三個月之後，而我的一切造作將會被揭穿，我早起晚睡並沒能讓英文字彙增加；我跑到圖書館只是為了吹冷氣發呆，我是一個失敗者，根本一無是處。我喜歡溜到高樓上，模擬一種下墜的姿態；有一次我乾脆直挺挺站在馬路中間，等待高速駛來的公車，可是在我自己也無法釐清理由的情況下，我活下來，成了一個倖存者。

我晃啊晃的，進了五專就讀，依然是不快樂的，活得像個廢物。那時候的快樂，是和同學到校門口的早餐店，買一份花生吐司，看著老闆將吐司烤黃，厚厚地塌上一層花生醬，熱騰騰地交給我。花生醬是淺咖啡色的，裡面放了大量的糖顆粒，相當甜。大家都吃這種花生醬，據說來自新竹，叫作新竹花生醬，到處都能買得到。

然而，我卻開始吃到有鹹味和顆粒的花生醬，那是一位移民美國的阿姨寄來的。她和全家人搬遷到美國居住，因為兒子患有血友病，時時需要輸血，行動愈來愈不方便，經濟上也很困窘，可是，每年聖誕節前，她總會寄一個包裹給我們，裡面有每個人的禮物，許多巧克力糖和乾果，還有洗髮精與潤髮乳，或者是香皂。有顆粒的、像奶油的一樣的花生醬剛來我家時，接受程度並不太高，我們都被新竹的甜蜜花生醬養慣了。可是，不久就發現了美國花生醬細膩滑潤，有一種花生的溫厚質感，感覺更自然，而它的金黃色澤也讓人喜歡。於是，我們的口味漸漸矯轉過來了。

念五專時，和同學去西門町逛街看電影，遠東百貨公司旁邊開張了一家時髦年輕的賣場，叫作「巴而可」。外牆的廣告板上是一個金髮女人，抓著一株美國芹菜用力去咬，齜牙咧嘴的樣子。那時候我們還沒見過這種大芹菜，也沒見過這樣粗魯的女性形象，可是，我一直盯著她看，總覺得那裡面有著極大的力量，或許是熱情，或許是憤怒，但絕不會是無所謂的消極頹廢——活著，就應該更有力量——我彷彿獲得某種召喚。

現在很少人吃新竹花生醬了，超級市場裡美國進口的各式花生醬層層排列，讓人頭昏眼花，不知該如何揀選才好。大芹菜也變成我們日常食用的普通蔬菜了，沒有多少人會記得那幅女人啃芹菜的畫面，就連「巴而可」也從流行賣場變為 KTV，最後一把火燒掉，成了一塊空地。

我有一道消暑沙拉，就是把大芹菜與花生醬結合起來，作法非常簡單：將比較嫩的大芹菜切小段，再將花生醬塗滿芹菜的凹槽，放在冰箱裡，吃的時候拿出來。芹菜飽含水分，配著花生醬奶油般的口感，香香脆脆，特別受到小朋友的歡迎。那一次朋友們帶著孩子來我家餐敘，所有的小孩都搶著吃這道沙拉，並且問我，阿姨阿姨，這叫什麼名字啊？我說，這叫作「翡翠鑲黃金」。朋友很嫌棄的說，怎麼這麼富貴？太珠光寶氣了吧。我們大家都笑起來，在笑聲中也只有我自己知道，我活著再也不像個廢物了，生命原來有這樣寶貴的價值。

——選自《黃魚聽雷》，皇冠文化出版有限公司

悅讀視窗

〈玻璃化為煙羅紗〉和〈翡翠鑲黃金〉選自張曼娟《黃魚聽雷》一書。這本以飲食為主題的散文集，共收錄四十三篇作品，依四時分類，〈玻璃化為煙羅紗〉選自該書「冬日宴」一輯，〈翡翠鑲黃金〉則見於「春日宴」一輯中。大體以言，〈玻璃化為煙羅紗〉藉朋友所贈高麗菜，拈出意涵豐富的「玻璃菜」獨家稱謂，並追溯往昔梨山春寒的美麗記憶，更以玻璃菜捲餐敘，帶出友情的溫馨、暗示朋友走出生命低潮等，耐人尋味。〈翡翠鑲黃金〉則聚焦於花生醬和芹菜，全文從自己苦悶鬱卒的青春歲月寫起，甜蜜的新竹花生醬是此時唯一鮮明快樂的記憶，這快樂記憶，其後更延伸至風味截然不同的美國花生醬上。至於芹菜，在張曼娟心中，因與強韌熱情、充滿正向能量的女性形象連鎖，別饒意義，故她特別將花生醬、芹菜結合成的沙拉命名為〈翡翠鑲黃金〉，一方面指其對比、鮮麗的色澤，另方面則藉此高調之名暗示生命耀眼、寶貴的價值。兩帖作品除訴諸味覺外，更訴諸溫暖情懷，分別傳達出溫柔包容與珍愛生命的訊息，層次豐富，是非常雋永的飲饌散文。

慢慢來，比較快

作者簡介

九把刀（1978～　），本名柯景騰，臺灣彰化人，交通大學管理科學系畢業，東海大學社會學碩士。以網路作家出身，作品陸續改編為電影、電視劇和線上遊戲。著有散文集《慢慢來，比較快》、《媽，親一下》、《人生最厲害就是這個BUT！》，小說集《都市童話夢》、《獵命師傳奇》、《殺手歐陽盆栽》等，並曾擔任電影《那些年，我們一起追的女孩》導演。

大學畢業後，我想念社會學研究所的意義有三：

一，當時熱中寫小說，不想那麼快當兵。

二，我喜歡社會學。

三，我幻想：「能讀社會學研究所的人，一定聰明絕頂；如果不是，念出來也必然聰明絕頂。總之一定能聰明絕頂。」

後來我自東海社研畢業了，很遺憾並沒有聰明絕頂，卻收穫了三件更珍貴的禮物。

由於大學時念的是管理科學系，與社會學的知識系統差異頗鉅，跟本科系考進的同儕相比我完全看不到大家的車尾燈。開學時大家將哈柏瑪斯、紀登斯、布迪厄等社會學家名號與理論掛在嘴邊，而我卻還在那邊：「關於各位剛剛提到的三小三小，我是覺得喔……」無法跟諸位社會學烈士先賢並肩作戰，久了自也著急起來。

老教授高承恕察覺我的惶急，用他一貫不疾不徐的語氣說出他的智慧名言：「景騰，做學問，一向是——慢慢來，比較快。」

慢慢來，如何比較快？

我當時無法領會，一度覺得是世外高人規定自己每天一定要說幾句高深莫測的禪機。但反正我也不明白什麼是「很快的做學問方法」，於是就每週看完指定的書、照常讀我喜歡讀的知識、每天寫我的小說。上課聽不懂的就問，繼續聽不懂的就算了（我後來才醒悟，一個人不能奢望自己能全竟其功，每個人都有不擅長的事，這世界上沒有一定要懂的學問）。

漸漸的，我重新喜歡社會學，並樂於親近——這才是最重要的。

第二個珍貴的收穫，莫過於陳介玄老師上的第一堂課，社會學理論，指定閱讀涂爾幹（Emile Durkheim）的《社會分工論》。

聰明的人都喜歡批判，以顯示自己並沒有被整合到僵化的體系；當時大家都是新生，每個人都死命掐著死掉快一百年的涂爾幹脖子，用各式各樣的新理論狂鞭這位對工業化後的社會提出真知灼見的法國大師。

陳介玄老師靜靜聽我們鞭屍鞭了兩節課，什麼都沒說，在下課前十分鐘，卻以非常嚴厲的眼神將我們掃視一遍，嚴肅說道：「你們在做什麼？你們懂什麼是真正的知識嗎？有誰真正把這兩百多頁規定的部分看完？你們考察過涂爾幹的理論分析的社經背景嗎？偷懶沒有的話，這兩百頁裡難道沒寫嗎？你們用輕浮的態度做學問，提出的，不過是廉價的批判！」
廉價的批判！這五個字重重擊在我心坎。
第三件珍貴的收穫，是大大方方的自信。
趙彥寧老師是一個很酷的人，為了讓她認識我、願意擔任我的論文指導老師，我跑去當了一學期人類學助教。
某堂課趙彥寧老師拿著幾份學生的期中報告，問其中一名學生：「你裡面用的『筆者』兩字，是在說誰？」
學生答：「我自己。」
趙彥寧老師又問：「還有你，你裡面用的『研究者』三字，是在說誰？」
另一名學生答：「我……我自己。」

放下厚厚的報告，趙彥寧老師冷冷說道：「對，就是你自己，通通都是你自己。那麼，既然都是你自己，為什麼要用假惺惺的第三人稱，去取代簡單的一個『我』字呢？」

大家目瞪口呆，只聽趙彥寧老師舉重若輕道：「不是沒自信，就是假客觀。」

好一個將學術慣稱擊倒的飛踢！

於是我的論文充斥著上千個「我」，光明磊落地主觀。小小的一個改變，竟讓我在書寫論文時勇氣百倍，毫不畏懼。

這三個收穫當然不局限於研究學問，擺在創作，擺在做人處事也一樣。

慢慢來，比較快。

謙虚面對你所不了解的事物。
最後，別用惺惺作態的客觀姿勢論述你的主觀！

——選自《慢慢來，比較快》，春天出版社

悦讀視窗

九把刀〈慢慢來，比較快〉以一枝明快之筆，敘述他讀社會學研究所時，從三位老師教導中所得到的「三件珍貴禮物」。這三件影響他往後研究學問、創作、待人處世的「禮物」，其實是三種建設性的生活態度——「慢慢來，比較快」、「謙虛面對你所不了解的事物」與「大大方方的自信」。

所謂「慢慢來，比較快」，是指以平常心面對困難，放下內心憂慮與「惶急」，按部就班改善現況，換言之，只要站定腳步，穩紮穩打，慢，其實是另一種快！「謙虛面對你所不了解的事物」，則是要求自己在做任何批判時，都應立足在真正了解的基礎上，嚴謹慎重，否則便是輕浮、無意義的「廉價的批判」；至於「大大方方的自信」，則強調應以「光明磊落的主觀」，理直氣壯地表述自己深思熟慮的意見，故九把刀自述其碩士論文乃「充斥著上千個『我』」，而非迂迴矯飾、惺惺作態地以第三人稱「筆者」、「研究者」去從事書寫。全文於感念師恩、說理論事間，充滿了九把刀鮮明強烈的個人風格，令人點頭稱是，復拍案稱快！於是，就在這酣暢淋漓的閱讀中，身為讀者，我們實亦收穫了三件珍貴的禮物。

後記

新新人類，你的名字叫「精彩」！

陳幸蕙

記得不久前曾見一動人的廣告詞：「人生苦短，只喝好酒！」如此鮮明的訴求，實頗令人想起宋代詞人晏幾道也曾說，他飲酒的原因是——欲將沉醉換悲涼。

酒精的麻醉效果，我相信，確能使人暫忘「人生苦短」的哀感虛無，但，若自酒鄉重返現實——今宵酒醒何處？那種「楊柳岸曉風殘月」的悲涼、失落與淒惶，是否又更甚於前呢？

我不是酒客，哀樂人生，當歲月的壓力、「浮生若夢」的千古浩嘆，終成為一種必須面對的心境、感慨時，我試圖甩開這巨大沉重無解的生命謎團、擊潰哀感、粉碎悲涼、向虛無宣戰的作法，是明確告訴自己：

「人生苦短，只做建設性的事！」

那是我的存在主義。

而所謂「建設性的事」，如果，不是創造人間愉快，又是什麼呢？

「大智若愚」之外，常想，何妨「大智若愉」？

這本以校園內新新人類為對象而編的選集，如書名所示，主題便是「人間愉快」，所選各文作者雖多為新世代長輩，他們的智慧、經驗自值得新世代取法、借鏡與學習；但在編這本書的過程中，透過媒體和朋友，我亦陸續得知了一些新新人類所做建設性之事，與所創造的人間愉快，在點頭稱善、傾倒讚嘆之餘，實不免深深覺得這世界的未來，真的是很有希望的！於是，我決定把它們寫出來，置於書末，作為本選集後記。

這些新新人類所創造的人間愉快，首先，值得一提的是，去年最後一夜，臺北市政府廣場上，當仰望一〇一大樓燦爛煙火、倒數跨年的人群，興奮情緒high至頂點時，一群大學生卻安靜低調地以「移動垃圾桶」方式，來回穿梭其間，收集被群眾拋棄的飲料杯、塑膠袋、寶特瓶、鋁箔包、各式廣告紙與廢棄物，終使這全臺首善之城的鑽石地帶，在一夜狂歡後免於被十七噸垃圾所淹沒！當網路上最潮的跨年關鍵字是「笑擁一〇一」時，這群新新人類卻不想只笑擁一座氣派知名的摩天大樓而已，他們的視野、格局顯然更其壯闊豪邁，因為他們的組織就叫「笑擁地球青年聯盟」！

另一個由新新人類創造的人間愉快，則牽動著許多人的荷包、味蕾、商機與美食盼望，格外充滿了喜劇色彩。那是大葉大學一群細膩的學生，由於體恤甲狀腺機能亢進者不能吃海苔，又有感於市場地瓜葉供過於求，農民常血本無歸，把這兩種弱勢族群關懷結合起來，於是，他們嘗試將地瓜葉切碎、調味、烘乾，在多次失敗與配方改良後，終研發出一種既可讓甲狀腺病患食用又可增加農民收入的「地瓜葉海苔」。這結合愛與創意、提升地瓜葉經濟效益的青蔬海苔，據說因高度營養、清鮮可口、百分百本土風味，市場潛力看好，正準備量產上市呢！

野菜變身的美味零嘴，猶自令人高度期待、稱美之不迭，不想幾位以somebody（重要人物）自命、自許且自勵的臺大學生，卻又引起了我的注意。

「somebody」，其實，是這些學生組成的社團名稱，五月間他們在熱鬧的公館夜市推動「無塑商圈計畫」，希望那些賣滷味、刈包、水煎包、炸薯條、蔥油餅、鹽酥雞、甘草芭樂、珍珠奶茶、奶油香蒜土司等人氣美食小吃的老闆們，在顧客購物時，能以一句「需要塑膠袋嗎？」取代以往不假思索便火速扯下塑膠袋、盛裝食物交給顧客的作法，並且對自備環保袋和容器的顧客給予折扣優惠，以鼓勵、影響，甚至教育消費者少用塑膠袋——

「在我們手中只使用五分鐘的塑膠袋，在地球卻會停留至少五萬年，而臺灣每年塑膠袋使用量已快突破兩百億個了！」

——這是他們的憂思，也是他們不再宅在青春安樂窩、學院象牙塔裡，卻決定以 somebody 之姿，走向街頭，走進人群，真正去 do something 的動機。

於是，他們就近選擇了校園外的公館商圈，逐一造訪商家，道德勸說、溫情鼓吹「不主動提供塑膠袋」建議，並在願意配合的商店門口貼上「NPC」（No Plastic Circle）標籤，據說絕大部分老闆都欣然表態支持。

我想到自己平日購物，頂多只是「獨善其身」、非常個人化地自備塑膠袋而已，卻不想後生可「佩」，充滿如此「與人為善」的熱情，和「兼善天下」的使命感！這些學生顛覆了艾蜜莉・狄金生（Emily Dickinson）小詩〈I'm nobody!〉（我是小人物！）所述自安一隅的怡然，卻理直氣壯、舍我其誰地宣示，要在珍愛地球這領域裡做 somebody，責無旁貸，絕不缺席！那種放眼人間、「有澄清天下之志」的氣概，較諸《世說新語》全書之首所載，實不遑多讓；如果狄金生地下有知，欣然頷首，或也要改寫她那首有名的小詩吧！

不遑多讓、器度恢宏、堪稱好樣的，還有底下這五位充滿理想主義氣質的東華大學畢業生——因為酷暑炎炎之七月，當所有島民都躲在冷氣房裡避驕陽唯恐不及的時刻，這五位年輕人卻以「關心氣候變遷」為訴求，進行了一場「救世要跑！」的環臺路跑活動，希望喚起島民重視地球暖化問題，力行「低碳」生活。

在這場約一千公里的超級馬拉松過程中，五位如苦行僧般企圖「救世」的年輕人，由兩位騎補給單車的同學隨行，從臺北出發，除每天幾乎跑一個全馬（42.195公里）外，為體現「低碳」原則，更全程自備水杯、餐具、塑膠袋和必需日用品，所有衣物則親自手洗再自然風乾或晒乾。里程尾聲，當他們跑抵花蓮，還特別重返母校東華大學種下七棵臺灣苦楝，為這趟路跑留下一抹美麗、感性的綠色印記。終於，烈日當空、暑氣逼人、二十三天體能與意志的高難度考驗結束後，五位經汗水狂野洗禮的低碳勇士，完成了一場值得喝采的「救世」壯舉。

……………

雖然，在這些令人感奮的故事外，我也曾看過許多新世代吸毒、霸凌、勒索搶劫、飆車滋事、聚眾鬥毆等負面報導與檔案，近日所讀最匪夷所思的資料則是——有些青少年習以美工刀自傷來抒壓解悶、引起關心或證明自己的存在，他們除以美工刀當生日禮物餽贈同儕外，也常相互比較、炫示誰割得多——便實不免悚然驚嘆！唉，危險的青春、迷陷的心靈，誰，能來幫他們掙脫生命中那闇黑勢力的綑綁呢？

但悚然驚嘆的同時，當我想到有一群難能可貴、可愛復可敬的年輕人，以他們的青春熱血、新銳創意，與普世關懷，正致力創造人間愉快，視「救世」為己任，志在「笑擁地球」，勇壯的使命感與承擔，是這樣一股振奮濁世、創造未來、想必無往不立，也無往不麗的光明力量時，終還是忍不住要以按「讚」的心情說——

新新人類，你的名字叫「精彩」！

——二〇一三年八月處暑於新北市新店

國家圖書館出版品預行編目資料

人間愉快 / 陳幸蕙主編. -- 初版. -
臺北市：幼獅, 2013.11
面 ; 公分. -- (散文館 ; 6)

ISBN 978-957-574-931-6(平裝)

855 102019444

• 散文館 006 •

人間愉快

主 編=陳幸蕙
出 版 者=幼獅文化事業股份有限公司
發 行 人=李鍾桂
總 經 理=王華金
總 編 輯=林碧琪
主 編=林泊瑜
編 輯=朱燕翔
美術編輯=安嘉遠
總 公 司=10045 臺北市重慶南路 1 段 66-1 號 3 樓
電 話=(02)2311-2832
傳 真=(02)2311-5368
郵政劃撥=00033368

印 刷=祥新印刷股份有限公司
定 價=250 元
港 幣=83 元
初 版=2013.11
四 刷=2018.11
書 號=986260

幼獅樂讀網
http://www.youth.com.tw
e-mail：customer@youth.com.tw
幼獅購物網
http://shopping.youth.com.tw

行政院新聞局核准登記證局版臺業字第 0143 號

幼獅文化公司／讀者服務卡／

感謝您購買幼獅公司出版的好書！
為提升服務品質與出版更優質的圖書，敬請撥冗填寫後（免貼郵票）擲寄本公司，或傳真（傳真電話02-23115368），我們將參考您的意見、分享您的觀點，出版更多的好書。並不定期提供您相關書訊、活動、特惠專案等。謝謝！

基本資料

姓名：................................先生／小姐

婚姻狀況：□已婚 □未婚　職業：□學生 □公教 □上班族 □家管 □其他

出生：民國..........年..........月..........日

電話：（公）..........（宅）..........（手機）..........

e-mail：................................

聯絡地址：................................

1.您所購買的書名：**人間愉快**

2.您通常以何種方式購書?：□1.書店買書 □2.網路購書 □3.傳真訂購 □4.郵局劃撥
（可複選）□5.幼獅門市 □6.團體訂購 □7.其他

3.您是否曾買過幼獅其他出版品：□是，□1.圖書 □2.幼獅文藝 □3.幼獅少年
□否

4.您從何處得知本書訊息：□1.師長介紹 □2.朋友介紹 □3.幼獅少年雜誌
（可複選）□4.幼獅文藝雜誌 □5.報章雜誌書評介紹..........報
□6.DM傳單、海報 □7.書店 □8.廣播(　　　　)
□9.電子報、edm □10.其他..........

5.您喜歡本書的原因：□1.作者 □2.書名 □3.內容 □4.封面設計 □5.其他

6.您不喜歡本書的原因：□1.作者 □2.書名 □3.內容 □4.封面設計 □5.其他

7.您希望得知的出版訊息：□1.青少年讀物 □2.兒童讀物 □3.親子叢書
□4.教師充電系列 □5.其他

8.您覺得本書的價格：□1.偏高 □2.合理 □3.偏低

9.讀完本書後您覺得：□1.很有收穫 □2.有收穫 □3.收穫不多 □4.沒收穫

10.敬請推薦親友，共同加入我們的閱讀計畫，我們將適時寄送相關書訊，以豐富書香與心靈的空間：

(1)姓名..........e-mail..........電話..........
(2)姓名..........e-mail..........電話..........
(3)姓名..........e-mail..........電話..........

11.您對本書或本公司的建議：

廣　告　回　信	
台北郵局登記證	
台北廣字第942號	

請直接投郵　免貼郵票

10045　台北市重慶南路一段66-1號3樓

幼獅文化事業股份有限公司

請沿虛線對折寄回

客服專線：02-23112832分機208　　傳真：02-23115368

e-mail：customer@youth.com.tw

幼獅樂讀網http：//www.youth.com.tw